声 A
三 DR | 文艺家

花を旅する

UNREAD

【日】
栗田勇——著

徐菁菁——译

四月樱，九月萩

花的日本美学探源

四川文艺出版社

目　录

四月

櫻

探访心灵之旅

这本书讲的是"花之旅",这里所谓的"旅",既是真正踏上一片土地,用自己的双脚和双眼去探索的旅行,也是探索古往今来日本人精神世界的心灵之旅。

我在年轻的时候,曾追寻着花的脚步走遍了日本各地,也曾在出国旅行的时候与花有过令人意外的相遇。我在讲述自己体验的同时,也会思考寄托于日本古代文学和美术、工艺中的花的内涵。希望可以借助不同地方的各种花,带大家一起超越时间与空间,感受日本人的精神内涵。

我试着回忆了一下,与花的相遇对我来说意味着什么,意外地有了许多深刻的感受。长时间阅读和思考虽然能增长知识,但是那种直击心底的感觉,换句话说就是人生中感动的瞬间,却非常少有。人生中的种种人际关系,比如年轻时的朋友和恋人,与他们分离之后重新找回自己的瞬间,那个契机可能就是与花的相遇吧。反之,与花的相遇也经常会让我想起与人之间的结缘。

所以,无论是谁,在旅途中的相遇,以及连接起那些偶然的花的命运,都被编织进了人生中。所谓真正了解什么事情,大概就是这么回事吧。

松尾芭蕉与吉野山

本书开篇介绍的,自是樱花最为恰当。若是问及探寻花是怎么样一种旅途,其实也不能称之为旅途,不如说是漫步春色中,常与盛开之樱相遇罢了。在那时那地,驻足不前,悠然欣赏朦胧月色下的樱花,才是真谛,方能说是悟了花的内涵吧。

为了理清头绪，回顾与樱花相遇的渊源，我们来谈谈松尾芭蕉[1]的故事吧。

芭蕉曾前往因花闻名的吉野山赏花，住了三日有余，但因盛开之樱过于美丽，即便他朝暮赏之，亦不得吟诗半句。这是真的吗?

吉野赏花三日，流连于晨昏景色。晓月悬空，皓洁幽眇，不禁心潮澎湃。或忆摄政公之歌，沁人肺腑；或吟西行之"折枝作道标"，动人心弦；或思贞室之"连声发赞叹"，即兴率真，直抒胸臆。余拙于言辞，不得成吟，实为惭恧。(《笈之小文》)[2]

对芭蕉来说，脑海中浮现古人的诗歌，极为自然。《摄政公之御歌》乃是后京极藤原良经[3]所作和歌中的名作。

昔日何人植樱木，春临吉野花满山。(《新敕撰和歌集》)

关于吉野修验道[4]修行者与樱花间的渊源，将会在之后详谈，此处仅说一点，吉野修验道的修行者把樱花比作藏王权现[5]之花，他们把当地樱花看作佛花，有心种植并持续至今，这令人们很是敬佩。话说回来，山上

---

[1] 松尾芭蕉（1644—1694）：江户时代前期的一位俳谐师的署名。他公认的功绩是把俳句形式推向顶峰，被誉为日本"俳圣"。

[2] 本书的《笈之小文》译文如无特殊说明均引用自郑民钦译本《奥州小道》（北京：现代出版社，2020 年）。

[3] 藤原良经（1169—1206）：后京极摄政前太政大臣，号秋筱月清，擅长汉诗与书法，《新古今和歌集》编撰作者之一。

[4] 修验道：日本传统禁欲主义中的一种，结合了汉传佛教和日本神道教的特点，曾在日本风靡一时。

[5] 藏王权现：日本独特的修验道的本尊。正式名称为金刚藏王权现，或称金刚藏王菩萨。

的樱花早已掩埋了山路吧。连身为樱花迷的西行法师[1]，置身吉野也会迷失在满是落樱的道路中。

> 吉野山间折枝处，改道再寻未见景。（《新古今和歌集》）

折去枝丫作为来年的路标这一行为，似非大师风范，但其实不然。在修整梅树枝丫时，相较斩断，折去一半才是盆栽常见技巧。对此，似乎古人早已有所体会。安原贞室曾在吉野吟道："花满吉野山，唯有连声赞。"（《阿罗野》）松尾芭蕉也曾说"拙于言辞，不得成吟"。但反言之，可以说正是因为这三句精辟的和歌，才使得吉野山樱花遍野。

但樱本非用于瞭望之物，而应置身花海沉醉其中。

我也曾探访吉野山间的西行庵。踏上山路，从左侧隐匿于竹叶间的斜坡下去一点点，便可看见极小的溪流旁边歪斜地竖立着"西行庵"的立牌，似乎人迹罕至。但我探访此处已是三十多年前的事了，这里如今应该很是热闹吧。

前文曾提到松尾芭蕉的《笈之小文》，在这篇游记的某处，凭空放着一首吟樱的诗句。

> 樱花树依旧，物是人非万端绪，往事绕心头。

关于这首诗，松尾芭蕉曾记载"探丸公子于别居举办赏花宴，吾有幸受邀前往。在熟悉的别居中，与故人共赏美景，令人深受感动"。这首吟

---

[1]　西行法师（1118—1190）：平安时代末、镰仓时代初期的歌人。他被认为是和歌史上可与"歌圣"柿本人麻吕匹敌的歌人，对后世有巨大影响。

樱之诗正是松尾芭蕉重回故土伊贺上野期间所作。

文中的"探丸"是松尾芭蕉旧主藤堂良忠（俳号蝉吟）的遗腹子藤堂良长的俳号[1]。

与花的相遇，本就暗藏了人们各种鲜活的记忆。

盛开之樱，难得一见

虽说如此，樱花其实十分"狡猾"，并非想见便可见之物。有一句话叫作"不见方三日，世上满樱花"。正如此句所言，即便人们急着去赏樱也不一定能与之相遇，即便遇上盛开之时都很是微妙。据有关数据统计，赏樱的最佳时期似乎也就开花后五天至一周内。

因我住在东京，年轻时一听到樱花开花前线的报道，便会开车南下伊豆半岛。当我一边开车一边眺望车辆左侧春日波光粼粼的大海之时，偶然发现车辆右侧伊豆半岛的古街中樱树随处可见。这时，心中便会浮现我很喜欢的三好达治那句"海映云，云映地球"。

我一路南行至下田，想早些抓住樱花的影子，但总是时机不对，要么过早要么过晚。于是，我便仗着年轻力盛，中途改道飞往京都。即便如此，二十年间，我与盛开之樱相遇，也就那么两三次。但是，京都的樱花于我而言，还是暗含着说不尽的回忆。

说起京都的樱花，首先便是祇园的夜樱。其次，东山野村别墅附近的樱花、天龙寺的垂樱等皆是我所爱。若是时节已过，我便会向北而行，赏周山街道上常照皇寺里的垂樱，随后绕道前往琵琶湖附近的彦根城，那儿的樱

---

[1] 俳号：俳句诗人的笔名。

花也甚是美丽。据说，井伊大老[1]曾把它移植至江户城。若是打算再走远点，我会前往湖东三山，若是打算返回京都，我就前往仁和寺的御室赏樱。

梦中的吉野山

虽说此次我是抱着以吉野樱花为起点的心思，重启了旅行，但在此之前，我参观了淡路世界花卉博览会。此博览会于三月中旬在淡路岛召开，目的是纪念公元 2000 年。我之所以前往花博会，是因为在我看来，探寻花之旅前应当看看世界的花儿们。

经过新跨海大桥，便可看见会场。整个场地布局就如同淡路岛公园一般，但细一看，便会发现会场就是一个巨大的白色帐篷，里面划分了多个小区域，世界上各种各样的花便汇集于此。见此情景，我感想有二。

其一，国家不同，其呈现出的花的内涵、待花的态度也极不相同。亚洲的花十分艳丽，争相怒放。法国展区整体上十分简单，但可赏的也就是七叶树，甚是无趣。在西欧，花乃观赏之物；在亚洲，花乃生活常见之物，两者自是不相同的。其二，日本展区的展出方式。会场内设有日本庭院、坪院的展示区，与以往印象不同，令人记忆深刻。但此外便无他物。"果然，能代表日本的花当数樱花。"我怀揣着如此思绪回了家。

之后，我本计划回东京的途中去一趟吉野山。但我问遍旁人，皆道此时花蕾虽已开但未到赏花之时。虽然在很长一段时间内，我曾几度因调查历史古迹前往吉野山，但大多时候花尚未开，抑或是我踏着染红的樱树落叶追思往昔，故吉野至今仍是我梦中追寻的那座满是樱花的山岭。

---

[1] 井伊直弼（1815—1860）：日本的近江彦根藩主、江户幕府末期的大老。

樱与梅

对日本人来说，之所以无论去往何方都想探寻樱花，是因为历经悠长的时光，樱花早已融入人们的生活之中。故樱花对于日本人来说自是特别的存在。

追溯历史，在《万叶集》内经常出现"花"，一般认为指樱花。虽然细究此事也有争议，但《万叶集》内出现的"花"等同于樱花大致是不错的。

另外，在奈良时代，梅花从中国传入日本。梅花自古便出现在中国的文书中，且相较于其他花高洁美丽，因此它成为奈良贵族文化的主流。但在平安时代后期，或许是日本人觉得樱花与其更配，在宫廷之中，樱花胜过了梅花，且开始出现在各种仪式当中。

在日本，梅花终归是外来文化的象征。《怀风藻》是日本最古的汉诗集，著于公元751年。该书中有一首葛野王[1]所作的五言诗，写的便是梅花。天平二年（730年）正月十三日，大宰帅大伴旅人[2]于官邸举办了"梅花宴"，宴会期间创作的32首作品皆收录于《万叶集》内。由此可见，九州地区最能反映当时受外来文化影响的程度。换言之，在当时，梅花是律令[3]贵族之花，连在平安时代编撰的《古今和歌集》里，梅花也是花中代表。

话说回来，宫中紫宸殿前的庭院正中央曾以"左近梅，右近橘"[4]的格局种植了树木。

但在天历元年（947年），左侧的梅树被替换成了樱树。《新古今和歌集》中，樱花成为主流，于是乎日本人喜樱一事就此确定。

---

[1] 葛野王（669—706）：日本飞鸟时代皇族，弘文天皇（大友皇子）第一皇子。

[2] 大伴旅人（665—731）：日本奈良时代初期的政治家、诗人。

[3] 律令：日本平安、奈良时代的法令。

[4] 桓武天皇迁都平安京的时候，大内正殿紫宸殿前，从宝座方向看，右侧种植一棵橘树，称为"右近橘"，左侧种植一棵梅树，称为"左近梅"。

对樱的迷恋

我曾思考，日本人对樱花的情感是否会发生改变。最终我得出了这样一个结论：在日本人心中，樱花始终与自己的人生捆绑在一起，宛如宿命般，所以人们对樱花的情感并不会发生改变。

为何会有此结论，且听我细细解释。木花开耶姬是日本古代民俗信仰之一，相信大家都听过关于她的神话故事。她身为春天女神能给大地带来丰收，且常以樱树之姿降临世间。

人们对于春天到来的喜悦，对于新生命茁壮成长的祝愿未曾停歇，于是自发地在山间林中举办各种浴神节。人们将其与农耕结合起来，通过举行各种仪式，抑或是通过与神同乐，即一同载歌载舞的形式，在樱树下举行各类庆典、宴会。自此，各种集会便成了每年的惯例活动。而历史中最早明确记载了此事的，应是平安时代。

提到与草木、花有关的文学作品，我脑中顿时浮现出了《伊势物语》《源氏物语》《枕草子》等。其中，最早明确描写了樱花故事的是《伊势物语》。虽然在此之前，也有许多描写花的文学作品，但最早将樱花作为故事中心的则是《伊势物语》。主人公在原业平 [1] 将自己所有生活情感都寄托于花上。他曾吟道：

世上若无樱。心情宽畅多安宁。不盼花期讯。何地何时睹倩影？花落更伤神！

---

[1]　在原业平（825—880）：平安时代初期的贵族。别名"在五中将"，平安初期的诗人（歌人），是当时三十六歌仙之一。

他将恋爱中的思慕之情比作樱花，正因为其存在，致使他焦虑不安、心神不宁。于是，他便赌气道"若是本就不存在该多好"。他身旁的人则吟道：

　　　　樱落楚楚方为美，世间万物终虚无。

樱花之所以美丽是因为它会凋零。这句话中所隐藏的自然道理似乎略胜一筹，后半句"世间万物终虚无"蕴含了日本人独有的无常观，即一种伴随季节变迁感受世事无常的佛教观念。

对落樱的留恋

任何花都会凋零，那为何日本人独爱樱花？对此，我心中不禁浮现出一个疑问，难道樱花就象征着凋零吗？为了追寻答案，我想谈谈我的奇特经历以及领悟。

一言以概之，樱花终会凋零。但凋零的时机似乎非我们所想。曾有一次旅行，我从滋贺县大津市石山寺出发前往三井寺（圆山寺），途中偶遇了盛开的樱花。那时狂风大作，但盛开的樱花却未凋零一片花瓣。这是为何？莫不是樱花早已决意，若非全开就永不凋零？

我怀揣着这份奇妙的思绪，回到了京都。次日，我前往清凉寺观赏嵯峨大念佛狂言[1]。据说清凉寺是光源氏[2]的原型源融[3]的住宅旧址。那时，

---

[1]　嵯峨大念佛狂言：京都三大狂言之一。狂言是一种兴起于民间，穿插于能剧剧目之间表演的即兴简短的笑剧，属于日本四大古典戏剧。

[2]　光源氏：即源氏，紫式部小说《源氏物语》中的男主人公。

[3]　源融：嵯峨天皇第十二子，历任侍从、右卫门督、大纳言等，死后被追赠正一位太政大臣。

气温明明与前日相差无几，但突然间盛开的樱花花瓣竟随着微风缓缓飘落，形成了樱花雨。此情此景令我目瞪口呆。这就似时辰一到，世间突然翻天覆地一般。樱花在瞬间一同飘落，漫天飞舞，此番景色不禁令人联想到一个词语"花吹雪"。

也就是说，待樱花全部绽放之后，它在某一瞬间同时凋零。肆意绽放，随后舍去生命，日本人很是喜爱樱花凋零时的美。在日本甚至有一句俗话叫作"让死亡开出花朵"。

日本人把樱花的兴衰和自己的人生重叠起来。樱花并非默默凋零，而是化为樱花雨飘散而去。通过樱花的凋零，人们居然感受到了生机勃勃的能量。

虽说都是凋零，但樱花却是不同的，其他花都是衰败后渐次凋零，樱花却是在某一瞬间一同凋零。樱花的这种凋零方式恰恰为来年春天孕育了生机。我突然意识到，樱花凋零就如同生命交替，其中蕴含着某种极致性感的内涵。

《源氏物语》与情色

提及极致性感，就不得不提《源氏物语》。个人认为，紫式部十分重视樱花。简单来说，贯穿《源氏物语》整本书的情色描写，一般是从"触物生情"开始发展为"色情"。提起"色情"，江户时代写作"好色"，这个词一般被认为是喜欢男女之事。但"触物生情"中的"物"与如今的意思不同，指代的是眼睛所不能见的灵魂。"色"则指大自然所有的现象。所以，"好色"指的是用心去爱生活中的所有事物。日本文艺评论家山本健吉也曾写过，包括植物在内，无论是自己还是异性，都是大自然的一部分。

有一篇文章通篇极为"色情"，相信大家都知道，那就是《源氏物语》

中的《花宴》，也就是赏花的情景。在花宴上发生了一件事，搅乱了光源氏的一生。在春季二月南殿的赏樱宴上，人们互换和歌，载歌载舞，沉醉其中。光源氏也于宴会之上跳了一段十分精彩的舞蹈《春莺啭》[1]。就在黎明时分，宴会进入高潮之时发生了一段故事。

　　光源氏微微有些醉意，离开了热闹的宴会，在后宫附近闲逛。这时，从弘徽殿的偏殿传来一个女人细吟和歌的声音："朦胧春月夜，美景世无双。"虽不知这句和歌接下去有何内容，但仅这句就已风雅至极。光源氏薄有醉意，月色朦胧照亮了黑暗。"朦胧春月夜，美景世无双"真是精妙。春日朦胧月色中的柔情。仅止于此，却偏又让人想起极致的欢愉。两人坠入了爱河，他们就如同罗密欧与朱丽叶一般，横跨了左右大臣两大对立家族，依然爱得轰轰烈烈。

　　自与名为胧月夜的女子相会那刻起，光源氏本该扶摇直上的人生便急转直下。他光辉的前途蒙上了阴影，又因为政治较量，最终被贬至明石。这一切的开端正是那朦胧月夜中的爱恋，而这爱恋就发生在赏樱宴上。

　　这幕的描写可谓精彩至极，是将光源氏的命运引入深渊的代表性场景。这位名为胧月夜的女子，美丽热情，是《源氏物语》中我最喜欢的女性角色。

西行与樱

　　《源氏物语》中还有许多关于樱的故事，这里我先按下不表。提及樱花，有一位因《古今和歌集》而闻名于世的诗人，名为西行，他对樱花十分痴

---

[1]　春莺啭：唐代舞蹈。唐高宗李治晨听莺鸣，令宫廷音乐家白明达作曲，依曲编舞，是柔曼的女子歌舞。曾东传日本及朝鲜半岛。

迷，也曾创作了许多吟樱的和歌。西行也选择了为爱私奔，他是一位军人，也是一位爱情诗人。让我们先来看一首他所作之歌。

　　　　吉野山间树梢花，赏花归来心往之。（《山家集》）

　　他心神不宁、躁动难耐，心已不在此处，意识与行动也早已无法统一。"树梢花"位于高处，令他联想起了对那位高贵女性的爱慕之心，于是又作了另一首和歌。

　　　　春风无情吹花落，醒来犹自黯神伤。（《山家集》）

　　梦中，花如雨般飘散，无法制止。这便是花的命运。即便已知晓这是梦境，但醒来后依旧心绪难平。西行爱上了一位高贵的女性，而他是一位军人，最终爱慕之情付诸东流。也许，创作此歌时，他将自己年轻时不顾世俗的爱恋与花朵终将凋零的命运重叠在了一起。

为何是吉野山

　　为何人们提及樱花便会想起吉野山？一直以来我也很好奇，于是查阅了许多文献资料，终于找到了些许线索。且听我道来。
　　在西行的时代，与今日不同，前来参观的人并不会登上吉野山。之前已提到了一首藤原良经所作的和歌，和歌中提出了这样一个疑问。

　　　　昔日何人植樱木，春临吉野花满山。

日本自古以来流传着几种传说，似恰巧回答了这一疑问。吉野山脉南端有一座神圣的山峰名为金峰山。古代山岳修验者的元祖，一位名为役小角的修行者曾独自一人几次攀登此山。虽然攀登过程艰险异常，但他最终到达了大峰山的上岳。在攀登途中，他见到了多具同样面孔的尸体。此时，天空中传来了话语声："这些骸骨皆是你的身躯。你已经六次攀爬此山，皆以死亡而终。如今这第七次，你终于到达了山顶。"

据《三国传记》《扶桑皇统记图会》记载，小角意在供奉拯救众生的主佛，于是他向三世诸佛祈祷。最初出现在他眼前的是弥勒菩萨，之后是千手观音。小角认为，这两尊慈祥的佛并不足以拯救罪孽深重的众生，于是便拒绝供奉这两尊佛，继续祈祷。

终于，一阵地动山摇后，山里浮现了一尊金刚藏王权现。"该佛面色铁青，自带怒色，甚是恐怖。他左手在腰部结'剑印'，右手持三钻杵矗立着。"小角将这尊浮现的佛像刻在了一旁的樱树上，并设立藏王堂，将其作为主佛供奉其中。自此，樱树在吉野被人们看作神树。据说来此参拜的人也因此养成了植树的习惯。

我认为，这个故事可以看作是死亡与重生之力的象征，即起死回生、不坏之身的形象。众人皆以为死亡即消亡，实则不然，死亡是驱使新生命诞生的动力，而浮现出的藏王权现不过是大自然能量的象征之一罢了。

如今，自熊野至吉野的道路上，仍存在着名为"起死回生"的修验道。据说修此道者，需通过山中艰苦的修行，历经死亡之苦，褪去污秽，净化身躯，方能重获新生之力。而此道的象征物便是樱花。藏王权现并不像其他佛一般坐于莲花之上，而是坐于樱花花瓣上。前年，在山顶附近发掘了一个铜镀金质灯笼门，该门上粗糙地雕刻着一尊藏王权现，他脚踏的并非莲花而是樱花。

　　　　　　　四月樱，九月萩：花的日本美学探源

樱树下聚集

对喜爱樱花的日本人来说，心中常有人们聚集于樱树下的印象。不知从何时开始，人们看见樱花便会生出想要设宴赏花的想法。细思可知，直至今日这种赏花宴依旧存在。有一处新设住宅区名为樱丘，仅因为此名，人们竟在那儿设立了一处赏樱之所，日本人的这一习惯真是奇特得很。

问及为何人们要在樱树下聚集，这既是因为樱树是之前提到的春之女神"木花开耶姬"的现世之身，是灵树，亦是因为日本人从樱树中感受到了生与死的动力，通过自然中四季的交替感悟了生命的奥秘。

樱树的枝丫下是圣别[1]的庭院，即神灵聚集之处，是神灵居住的神圣地带。

平安时代[2]的赏花宴后，连歌[3]自和歌中孕育而生。室町时代[4]，平民们常聚集在一起，一同创作连歌。有时，人们甚至会如同赏花一般聚集在樱树下。由此，人们开始称呼创作连歌的大师为"花下"。樱树下的这方天地等同于神社境内，人们认为在此聚集可敞开心扉，甚至感到此处所说的语言都充满了灵力。太阁秀吉[5]为了寻乐常举办盛大的赏花宴或是茶话会，当时一幅名为《花下游乐图》的屏风画留传至今，画中记录的正是桃

---

[1]　圣别：基督教神学术语。指把人、事、物从凡俗里挑选出来归给神。

[2]　平安时代：公元794年—1192年，是日本古代的一个历史时期，从桓武天皇迁都平安京（京都）开始，到源赖朝建立镰仓幕府一揽大权为止。

[3]　连歌：日本一种独特的诗歌体裁，最初是由两个人对咏一首和歌的游戏，后发展为上句和下句交替连接、往复不已的"长连歌"。

[4]　室町时代：公元1336年—1573年，名称源自幕府设在京都的室町。经历16代将军，历237年。

[5]　太阁秀吉（1537—1598）：即丰臣秀吉，原名木下藤吉郎、羽柴秀吉，是日本战国时代至安土桃山时代的大名，著名政治家。

山时代人们在樱树下聚集玩乐的情景。直至今日，日本人依旧认为在神圣地带里，人们无须拘泥于小节。

樱树下是神圣地带，故可以解除世俗的禁锢，也因此这方天地里混杂着许多事物，令人产生一种不和谐之感。但这并非古人有误，而是自明治以来，日本人便遗失了古有的思考方式，忘却了信仰之心。故现在的重中之重，便是要在看见樱花时敞开心扉，思及古人心境，借此令自己的身心重归自然。

樱痴人物谱

世上有许多杰出的先人喜爱樱花，有些甚至可被称为"樱痴"。那位有名的西行法师便有一首风靡一时，令人无法忘却的和歌。

　　吾之愿：立于花下，逝于春季，二月十五满月之时。（《山家集》）

二月十五日是释迦牟尼涅槃的日子。而西行正是在文治六年（1190年）二月十六日殁。直至现在，透过此句我们依旧能感受到那时人们的惊叹之心。

此外，室町时代的临济宗五山之祖——梦窗疏石国师[1]因建造了天龙寺与西芳寺（苔寺）庭院而闻名于世。他也是樱痴一枚。我曾前往甲州笛吹川的河畔探寻梦窗疏石国师年轻时的足迹，那处的古迹有一标记，便是一棵孤寂矗立着的垂樱古木。据说他生前便种下了这棵樱树并决定将其作为自己的墓碑、灵位。

---

[1] 梦窗疏石（1275—1351）：日本临济宗高僧。伊势人，俗姓源，字梦窗。为宇多天皇九世孙。他一生不求名利，不进权门，精研佛法，大扬禅风，曾被朝廷敕赐七大国师尊号，称"七朝帝师"。

婆娑罗[1]的墓地里也有一棵名为道誉[2]樱的古木，时至今日，逢春依旧开花。

以严谨自居的文学家本居宣长[3]亦是一位"樱痴"，一生创作了二百多首与樱相关的和歌。他留下遗言命人在自己的坟堆后种上一棵樱树，甚至为此亲自画了一幅草图。

日本人有许多与樱相关的故事。在很早之前，日本NHK电视台为了播出的节目，面向群众开展了与樱花回忆有关的问卷调查。之后，电视台收到了800多份问卷，其中大部分人填写的回忆都与第二次世界大战后的诀别、祈祷有关，而这想必也与日本自古以来的观念有关。

最后，我们再说一个人，创造了手鞠的良宽[4]先生。他辞世时留下了此等诗句。

落樱，残樱终为落樱。

这诗听起来似是表达樱花终将凋零，但我不这么认为。虽然看上去所有树木上的花朵都在不断凋零，但我认为凋零与来年的开花是密不可分的。旧生命在不断地消亡，同时也会有新生命诞生。这是大自然的造化，而我们也终将进入这生命的循环中。所以，我们不必为此感到孤寂。借用松尾芭蕉的一句话，"顺随造化，以四时为友"。生命终将回归自然，我认为这

---

[1] 婆娑罗：表示华美的服饰，过分的奢侈装饰、行为模式，以及这类人本身。

[2] 道誉（1296—1373）：指佐佐木道誉，镰仓时代末期至南北朝时代武将，以风雅婆娑罗大名为人所知。

[3] 本居宣长（1730—1801）：日本江户时期的国学四大名人之一（荷田春满、贺茂真渊、平田笃胤），又号芝兰、舜庵。

[4] 良宽（1758—1831）：日本曹洞宗僧。俗姓山本，字曲，号大愚。生于日本越后国出云崎，江户时代的禅门曹洞宗僧人。他是一名云游僧人，以诗歌、书法著称，他的作品赞颂自然之美，风靡一时。

便是良宽先生辞世之句中的内涵。

延续的风景

　　一般同一个枝丫上，并非只有一簇樱花，而是有许多簇。这也是樱花的与众不同之处。在我看来，樱花的这一特点很是新奇。通常我们赏梅，需要细细品味每一朵花。这是因为"梅花朵朵皆不同"（此诗乃松尾芭蕉的弟子服部岚雪所作）。而樱花常以簇为单位出现在人们眼前。

　　樱花虽不是如云似霞般连片出现，但我们一般是欣赏整棵樱树，从树木的整体感受花开花落。人们在此处欢歌嬉戏，即便花落，亦能期待来年春日的到来。也许这便是樱花的魅力吧。

　　至今我仍偶尔回想起幼时的一段记忆，一棵樱树下有一架单杠，年幼的我围着单杠转了一圈后，单杠下聚集的雨水上漂满了樱花瓣。时至今日我才明白，这一景色便是自古就有的"花筏"。樱花花瓣密密麻麻地漂浮在水池、溪流之上，花明水秀。

　　如今，在我由住所前往车站的途中有所小学，学校里的樱树渐渐被人砍去。以东京为例，大型的樱树大部分已遭砍伐。而且，樱树本身的生命似乎本就不长。故依我之见，若非接连不断地种植樱树，人们对樱的留恋便也无法延续下去。若是古街中的古樱树被人砍去，我们定会十分痛惜，宛若自己的身躯遭人削去一般。其实，吉野山最初仅是山麓有樱花，但由于人们一直延续着买树苗并种于山上的习惯，山上的樱花才日渐增多。日本如今的能剧、歌舞伎舞台以及赏花也仅是延续了古时的形式罢了。

　　樱却不一样，即便形式、方式有所不同，但日本人对于樱的迷恋定将延续下去。

五月

紫藤

紫藤的乐趣

春日樱花季结束后，人们会不由自主地叹气。但事实上，五月可以说是花最多的一个月份。如今我们身旁为了园艺而栽培出来的花自不必说，还有日本很少见的山间野草，以及常见的木槿花、蒲公英都竞相发芽、肆意怒放。我也种植了些许盆栽，五月，我需要在衡量盆栽未来长势的基础上抽枝拔芽、修剪枝叶，或是替换花盆内的植物。因此，五月于我而言有些许繁忙。我无法分心，因为五月植物生长得很快。它们就像是为了讴歌天地之命般，纷纷现身于世。

而我，要从这众多的花中挑选一种介绍，很是为难。但最终，我决定介绍紫藤。

说起紫藤，五月各地紫藤皆已绽放，我们可以在附近的公园、寺庙等地的紫藤棚上看见它们的身影。也许正因为如此，对于紫藤我们早已习以为常。但若重新审视并细细品味，便会发现紫藤中也饱含着日本人的情感，且并不逊于樱花。进而，重新开始审视自我。

东京最有名的紫藤，位于江东区龟户天神社 [1]。据报纸记载，自江户时代开始，心字池的中心已种有九十余株紫藤，五月一至便竞相绽放，进入中旬后陆续凋零。

因我住在世田谷，故常能欣赏到电车（京王帝都线）沿线井之头公园等地的紫藤美景。此外，我还知道在其他地方亦有甚是好看的紫藤棚，例如马事公苑、国领神社的千年紫藤、百草园等。就连近在咫尺的西福寺，也有两处紫藤棚。我曾带着相机前往此处，但当我抬头望向紫藤棚时，便醉心于随风飘散的浓郁花香中，无法专心摄影。对此，我感叹不已。

---

[1] 龟户天神社：著名的赏藤胜地，有"东京第一赏藤胜地"之美称。

我进行了诸多调查，发现位于滋贺县草津市的三大神社里，有一株枝干粗壮、似乎环抱着某物的紫藤古木，据说花穗长度一米有余。

松尾芭蕉与紫藤

据本人小道消息，松尾芭蕉在撰写《奥州小道》的旅途中，曾途经奥州小道的入口——白河关。此处有一座供奉镜之明神的神社，名为白河神社。我在其入口石碑附近发现了一棵紫藤树，树上挂着五百年树龄标牌。

松尾芭蕉已离世三百余年，如此算来农历六月二十八日，当他为参拜镜之明神造访此处时，那棵紫藤木应已有两百年树龄。

我曾受日本 NHK 电视台所托到此进行节目直播。那时我早早便来到了此处，在附近转悠了一圈。突然，我发现了眼前居然有一棵古老的紫藤树，那树干蜿蜒起伏，宛若一条蟒蛇。可惜的是，当时此树并未开花。而这棵紫藤树我并未在文献中见过。

农历六月二十八日，松尾芭蕉定是见过这棵拥有两百年树龄的紫藤树。但令人遗憾的是，他当时并未留下关于紫藤的诗句。元禄四年（1691 年），松尾芭蕉创作了《猿蓑》，他在有关"大和行脚之时"的内容中以及前言部分吟道：

疲惫不堪借宿时，夕阳返照紫藤花。[1]

暮春，慵懒之时紫藤花嫣然出现，此景很是美丽，但这般描述并不能

---

[1] 该译文引自网络。

体现真正的白河国之景。

一同前往的河合曾良 [1] 在白河吟道:

　　且插溲疏作饰花,权当盛装过关隘。

　　松尾芭蕉与河合曾良到访此处之时,正值溲疏花开时节。山间如雪般白皙的溲疏花竞相绽放。我本以为河合曾良是把溲疏花作为樱花的替代品戴于头上,书中虽未提及,但依我之见它许是紫藤花穗的替代品。自古以来,紫藤花因其尊贵华美,每每正式宴会等场合,男女皆会将其装饰于身或是别于发间。正因为在日本,自古紫藤花便可与樱花匹敌,所以我揣摩,并愈发觉得河合曾良莫不是带着这样的想法,才将溲疏花作为紫藤花的替代品戴在了头上。

紫藤色的薄纱

　　自古以来,日本人与紫藤花关系匪浅。我也曾坐着火车悠闲地进行了一次长途旅行。五月,翠绿的山间巨大的紫藤花穗,犹如一道油画笔触,为山林增添了一抹色彩。而这优美的景色中似乎暗藏玄机。时至今日,当人们在近畿地区,尤其是京都、奈良的山里行经时,便会发现半山腰处有一件紫藤色"薄纱"宛若从天而降的羽衣挂于松树间。定睛一看,原来是紫藤。

　　然而近来,随着城市化的推进,提起紫藤,人们联想到的便是公园内

---

[1]　河合曾良（1649—1710）：江户时代的俳句诗人,曾以弟子的身份与松尾芭蕉一同游历奥州和北陆。

的紫藤棚。虽然紫藤棚十分美丽，但当我们见到山腰处那缠绕着粗壮古松树的紫藤，看着那数根一米有余的紫藤穗，方能感受到深深的震撼。因山间并无凉棚，在这静谧的自然环境里，紫藤便缠绕起了树木。在我看来，彼时人们感受到的惊讶、华美以及深深的震撼皆会令人难忘。

前面我们提到了赏花，实际上自平安时代以来设宴赏紫藤花便开始盛行，具体内容待我稍后详述。

紫藤的色调

现在，让我们追根溯源探寻紫藤的由来。相传紫藤自古以来便是日本的原生植物，且其原始品种大致可分为三类：逆时针缠绕的山藤，顺时针缠绕的野田藤，以及由中国传入日本的品藤。随后，这三个品种相互杂交，据说如今世界上仅野生紫藤就有十余个品种。因为原始品种稀少，故在人们印象中，紫藤是日本特有的花朵。紫藤花的颜色统称为藤色，但藤色不是只有紫与白，还有因杂交而产生的多种颜色。野田藤基本上都为紫色，但当此品种与山藤、品藤不断杂交后就产生了由白至深紫等多种色调。然而，紫藤的主基调只有紫色，也正因为如此，日本人对它的喜爱程度与樱花不相上下。

提及紫色便想到紫藤色，紫藤色就是紫色。日语中有一词为"嗅紫"。"嗅"指的是用鼻子闻味道，但据说古时日本人形容通过眼睛看见色彩用的也是"嗅"。由此可知，日本人并未将感官划分为五感，他们认为感官是一种整体的氛围。当人们提及嗅到紫藤花香之时，他们确实闻到了一股浓郁的香味。同时，那鲜艳的紫色想必也拨动了他们的心弦吧。

变为衣物后紫藤的灵力

在文献里追本溯源，便会发现《日本书纪》《古事记》中常出现关于紫藤的记载，且《古事记》中有一个以紫藤为中心的经典故事。

此处简单介绍一下。该故事记载于《应神记》，书中写道，有位自新罗迁居而来的神，有一个美丽的女儿名为伊豆娘子。诸多男性倾心于她，并展开了各种攻势。其中，有一位青年名为春山之霞壮夫。光看名字，想必会以为此人似春霞一般内向，实则不然。他的母亲专门为儿子缝制了一套正式"服装"——以紫藤制成的衣服与弓箭。他便穿着这套"服装"去见伊豆娘子。两人见面后，春山之霞壮夫的衣服与弓箭上出现了朵朵盛开的紫藤花。而他的意中人——伊豆娘子，折服于紫藤花的魅力，遂与其相恋，并终成眷属。

从这个故事中可知，紫藤的纤维十分牢固，就如同现在的麻一般，人们可以用紫藤制的线来织布，用于制作衣服、鞋子等各类物品。也就是说，在制作衣物的过程中，人们不仅用紫藤花给布料染色，还利用了紫藤木及枝蔓。将紫藤木及枝蔓浸于水中，随后晒干并搓成线，这便是古代惯用的制衣材料。但随着桑蚕养殖面积的扩大，绢丝生产逐渐成熟起来。因绢布更轻更光滑且手感更好，故那时紫藤布多用于制作工衣。或许是因为《古事记》中记载了春山之霞壮夫的全部生活家当，无论是弓箭还是衣物皆以紫藤所作，这使得日本古时出现了一种民间信仰，人们认为紫藤树是拥有某种独特吸引力、能促使新生命诞生的灵木。

万叶时代以后的紫藤

《万叶集》中以东歌为首，也有几首吟唱紫藤的和歌。相传《万叶集》

提及紫藤花的和歌，长歌短歌加起来共有二十八首。之前我向各位介绍了紫藤在古代的实用性，而和歌中的紫藤花则是美艳动人的。诗人常通过歌颂其香味及颜色来指代天真烂漫的少女与恋人。但在万叶那个古老的时代，所谓的爱情乃是性爱、肉欲与心意的混合体。故那时有许多直白歌颂性爱的和歌，内容虽天真烂漫却又满是情色。我试着挑出了几首和歌。

> 为表相思意，户外把藤插；藤条形似浪，今已满著花。[1]（卷八，1471）

此和歌的作者自与恋人分离后便种植了紫藤，用以睹物思人，寄托思念之情。紫藤的花儿如今随风摇摆，宛若恋人那飘逸的秀发，又似爱的邀约。此时，一人一花，身心融合，一同讴歌着爱恋。这首和歌中满是豁达、积极、乐观之意。

> 敷岛大和地，人则虽云多；
> 缠绵我思君，繁比藤花波。
> 心窃慕芳草，女萝若茑萝。
> 敢诉我所思，如此长夜何？[2]（卷十三，3248）

这首和歌直白且性感，它表达了作者思绪杂乱、身心疲惫，思念一人彻夜未眠之意。

---

[1]　译文取自钱稻孙译本《万叶集精选》（上海：上海书店出版社，2012 年）。
[2]　同上。

多祜湾头底，藤花映出美，摘花插上头，去见美人彼。[1]（卷十九，4200）

在日本，有许多地方取名"多祜湾"，但相传此首和歌中的"多祜湾"位于富士山的海滨。我很喜欢这首和歌，其中"藤花映出美"一句，令人浮想联翩。沿海山间的紫藤花穗随风飘扬，似海浪般涌动，熠熠生辉。花影映照在水底，宛若在水中盛开。天空与海浪相辉映，山中、海里、心内皆存滔天爱意。为了与心爱的人儿相见，摘花戴于头上，踏上路途。

初夏海边粼粼的波光，与紫藤相映成趣。此情此景满是爱意，令人怡然自得，又饱含炙热的情感。这首和歌很符合《万叶集》的特点。查找资料后得知，这首和歌前后还有两三首歌颂紫藤的和歌，每首都充满了意境。

再让我们聊聊平安时代的事。平安时代也就是豪门贵族藤原氏所存在的时代。那时，"藤原"这个姓氏是最高权力者的象征，它拥有许多分支，其中不乏非贵族的家族，甚至有许多分支想要效仿藤原氏，便出现了许多带"藤"字的分支，如佐藤、加藤等。许是因为这样，如今依旧有诸多带有"藤"字的人名及地名。我可以列举出许多，例如：藤原、藤井、藤岛、藤田、藤森，地名也有藤枝、藤泽、藤冈……

最终，藤不仅仅出现在名字中，许多人开始将藤的图案融入象征家族的"家徽"中。有一种说法是朝廷重臣的家徽一般会采用向下延伸的藤，紫藤花穗缓缓垂落于两侧。而武将世家则多会在家徽中采用向上延伸的藤，藤自左右向上延伸。此外，家徽里还有藤丸、藤巴、八藤等数十种形状。

---

[1] 译文取自杨烈译本《万叶集》（长沙：湖南人民出版社，1984年）。

无论哪种，采用的皆是紫藤花图案。

回归正题，平安时代可谓紫藤时代，即便将其称为紫藤文化亦不为过。民间对藤原这一姓氏的由来众说纷纭，但有一普遍说法是因为藤原氏发祥之地有紫藤，故取名藤原。而我总感觉其中缘由并非如此简单。

贯穿《源氏物语》的印象

提到平安时代，人们便会想起《源氏物语》。但当我们通篇阅读后发现，紫藤早已贯穿了全书。提起"源氏"，我们的脑海中便会浮现"藤壶"一名。日语中的"壶"本是指代中庭，准确来说其指代的是七殿五舍[1] 之一的飞香舍。该舍离天皇的清凉殿十分近，是中宫[2] 及女御[3] 的住所。因其庭院前种着紫藤，便被称为"藤壶"。其中，最有名的便是藤原道长的女儿、一条天皇的中宫彰子的宫殿。据说紫式部也曾在此工作。

在《源氏物语》里，紫藤蕴含着极其重要的意义。但书中的"藤壶中宫"是统称，藤壶女御、藤壶之宫、更衣之宫、中宫，皆指那个光源氏的最爱、名为"藤壶"的女子。而藤壶实际上是清凉殿北侧的一座建筑，内部种有十分美丽的紫藤。在"寄生"这一章里曾提到"今上来到藤壶院，举行一个送别的藤花宴"。在史料中也记载了延喜二年（902 年）的这一紫藤花之宴。

说回《源氏物语》里的紫藤，在古代日本，紫色又被称为"缘之色"，与紫藤息息相关。正紫色是冠位十二阶制中最上位的颜色，它在平安时

---

[1] 七殿五舍：指日本平安京御所中的 12 座建筑，是日本平安京御所中后妃、亲王和内亲王的居所。

[2] 中宫：指皇后。

[3] 女御：日本古代宫廷中天皇嫔妃位阶之一。

代十分重要，彰显着人物的高贵身份。虽然古时人们一般会禁用紫色，但许是因为作者过于喜爱紫色以及紫藤，此书中出现了许多紫藤的元素。

在《源氏物语》"朔风"一章里，源氏之子夕雾的代表色是樱色，而古时候桦樱色[1] 位于紫色之上。玉蔓的代表色是山吹色 [2]，日后成为东宫女御的年方八岁的明石姬，其代表色是紫藤色。或许是因为明石如紫藤一般给人以精致之感。

抑或是因为当时八岁的明石姬在未长成之前给人以天真烂漫之感，故在书中有这般描写："这小女公子可说是藤花""随风飘荡的香气散发出来"。此处的"香气"令人浮想联翩，感觉其不单指气味，还包含了姿色之意。紫藤花随风飘荡，如梦似幻。当时，紫藤通常缠绕于松树上，长长的花穗垂落于空中。作者便是描绘了紫藤花穗随风飘荡之景。

所以我认为此书中所描写的景色并非藤棚。那为何紫藤常缠绕松树呢？松树十分壮实，例如常盘松，是四季常绿的植被，经久不衰。其姿态高雅，充满阳刚之气，是生命力、恒久不变之类形容强壮词语的象征。紫藤花附于此般生命力旺盛之物上，将其缠绕，为其增添花色，互利共生。松树也因紫藤平添的这份花色，更显繁荣之气。

紫藤既美又充满力量，其花穗有的垂落空中，有的紧紧缠绕于树上，令男性心思荡漾。紫藤既给人以弱不禁风之印象，又饱含妖娆之色。

我们将池水深处称为渊，而紫藤的日语发音[3] 会让人联想到那隐藏于深渊中的爱慕之情。有些和歌便是通过咏紫藤花来倾诉心底的爱恋。山间深渊总是十分静谧，其水不知深浅。且水中倒映着世间万物，斗转星移依旧不动半分。换言之，紫藤花充满了神秘，令人无法抗拒。清新柔美之物

---

[1] 桦樱：指一种用于建材的樱树。作为配色是指粉棕色。

[2] 山吹色：指金黄色。

[3] 渊的日语发音为 fuchi，紫藤的日语发音为 fuji，二者很相似。

亦有令男人前仆后继的魅力，《源氏物语》中便记载了紫藤如此这般的双面性。反言之，说不定紫藤花本就是妖艳之花，令男人趋之若鹜。紫藤绕松而生，此番景色宛若一幅充满魔力的印象风光画。

人们若是受此番景色的诱惑，即便舍命也在所不辞。在《源氏物语》的"蝴蝶"一章内，有一首和歌描写了光源氏的弟弟兵部卿宫向玉鬘倾诉爱意，此首和歌所歌颂的便是勇往直前的爱。

> 血缘太近相思苦，愿赴深渊不惜身。[1]

这首和歌所表达的是即便坠入深渊也无所畏惧，就连名，即名誉与贵族的身份也可舍去。

在前一章介绍樱花之时，我提到了"花宴"中光源氏与胧月夜相遇的场景，我十分喜爱这一场景，它总会让我想起"朦胧春月夜，美景世无双"。最终，光源氏因为这段爱恋离开了都城，被贬至须磨明石。二十年后，回到都城的光源氏与胧月夜再会了。于是赏樱宴与赏紫藤宴串联了起来。相逢之时，光源氏不禁吟道：

> 往日沉沦记心间，仍愿投身藤浪中。

此首和歌表达的是，我虽然被贬至须磨，但我仍放不下这段情感，再次陷入了你的温柔乡。此处的藤浪既指代花海，也指代了女性的身体。这首和歌饱含着青年时没有的、成人间的深沉爱欲。

---

[1] 本书的《源氏物语》译文如无特殊说明均引用自丰子恺译本（北京：人民文学出版社，1980 年）。

虽然光源氏有各种求爱的方式，但个人总觉得，《源氏物语》中的女人，例如胧月夜、玉蔓都不简单。此处我们回顾一下，便会发现《源氏物语》中紫色以及紫藤的香气贯穿了整部作品。毕竟《源氏物语》的起点——藤壶中就有"藤"字。

突然间，我脑海中闪过一个经常被人提起的疑问：《源氏物语》整体文章结构不就如紫藤花穗一般吗？紫藤花穗呈现出团簇形，在西方人的眼中，紫藤花穗如同葡萄串里的籽一般，即便中途分离，终将在一个藤蔓上结果。

《枕草子》中的紫藤

说起紫藤，就不得不提与紫式部齐名的另一位作家清少纳言，她是一条天皇的皇后定子的文艺沙龙之花，著有《枕草子》。她创作了一首八八段祝贺和歌名为《漂亮的事》：

> 漂亮的事是，唐锦。佩刀。木刻的佛像的木纹。颜色很好，花房很长，开着的藤花挂松树上头。[1]

她所作的短歌中大部分都与评价花朵有关，而且，其中有许多深入人心的敏锐观点。清少纳言在文中特意写明了"颜色很好，花房很长，开着的藤花"，再加上中国舶来的锦衣、饰有描金图案及金银的佩刀、刻有绚丽色彩图案的木头，令人仿佛置身于绚烂豪华的博览会。但我仍从此句和歌中感觉到了一丝别样情感，也许是我思虑过甚罢了。

---

[1] 本书的《枕草子》译文如无特殊说明均引用自周作人译本（上海：上海人民出版社，2015 年）。

我有一番推测，此首和歌莫不是在讽刺紫式部的《源氏物语》？在众多华美异常的衣物、饰品里，还列举了挂于松树上的紫藤花。此处的"挂松树上头"让我感受到了人性的阴暗面。且不说此文的精妙所在，但紫藤花穗在平安时代人们的心中确有举足轻重的地位。

此外，《枕草子》中还写道：

> 凡是紫色的东西，都很漂亮，无论是花，或是丝的，或是纸的。紫色的花的中间，只有杜若这种花的形状，稍为有点讨厌，可是颜色是漂亮的。六位藏人的值宿的样子也很漂亮，大概也因为是紫色的缘故吧。

这段描述甚是荒唐。通过作者讨厌杜若花的形状，可以感受到她略复杂烦琐的心理过程。"样子"一词古时表示春心荡漾的姿态。"六位藏人的值宿的样子"，透过此句我似乎感受到了男性的魅力，是那种不同于男性凛然的秉性。

话说回来，在《枕草子》前言中似有更富深意的内容。

> 春天是破晓的时候（最好）。渐渐发白的山顶，有点亮了起来，紫色的云彩细微的横在那里，这是很有意思的。

春日黎明时分，山顶处的紫云最为灵动美丽，这句表达的是作者见到美景时的感动之情。此处运用"紫色的云彩"或许是受了中国"祥云"一词的影响，在8世纪的正史中记载着些许日本各处看见紫云之事。自净土思想传入日本以来，紫云便成了如来佛主来迎的象征，是神秘且珍贵的吉兆。镰仓时代所作的《一遍圣绘》画卷中也出现了紫云的身影。一遍上人[1]一念名号，紫云便会出现于空中，随后片片花瓣从天而降。人们欣喜落泪，仰望圣人。然上人言："吾不知紫云之事，亦不知落花之事。"这幅画卷描绘的是这样一个画面，一遍上人并没有利用法术使自己作为民众的象征，反倒是向众人展示了"南无阿弥陀佛"佛号。

虽同为净土思想，但与如今不同，当时的严苛环境下人们反而能注意到一些事物。由此我们可深刻地体会到为何当时紫云对人们来说是祥瑞之征。

藤娘的人物谱

随着时代变迁，当我将紫藤与女性关联时，便会立马想起歌舞伎名剧《藤娘》。在数十年前，我的母亲曾赠予我一个装于玻璃盒内的"藤娘"和风人偶，以此庆祝女儿的降生。或许在明治、大正时期也有这样的习俗。这头戴斗笠、肩扛紫藤枝的人偶便是"藤娘"。我虽不知此人偶的由来，却觉得甚是可爱。因为这种人偶在当时很受人们的欢迎，故我的观念早已成形，直到如今依旧认为日本人偶指的就是藤娘人偶。而一提及紫藤，我的脑海内也只会浮现"藤娘"的姿态。

长歌《藤娘》在当时红遍大江南北，但据说它首次公演是在江户时代文政九年（1826 年）的中村座[2]。当时，有个名为《连唱余波大津绘》的节目，《藤娘》便是这个节目五处转折的五段舞剧之一。《藤娘》的构想是一名紫藤花精从屏风画中走出来，化作一个女孩现于世人眼前翩翩起舞，

---

[1]　一遍上人（1239—1289）：13 世纪末的高僧。曾研究天台宗与净土宗佛理。他创立了为全日本佛教界所推崇的时宗派。晚年，这位高僧便遍游国土全境，沿途度化的信士超过 250 万之众。

[2]　中村座：江户的歌伎剧院，猿若勘三郎创建于宽永元年（1624 年），起初称"猿若座"，在幕府认可的江户三大剧院中历史最为悠久。

既青涩又带有一丝风情。或许因为这样，《藤娘》这部舞剧红了十九年。

受时代的影响，当时这首歌舞伎舞剧与现在有所不同。当时的开场是先说上一段旁白，然后藤娘缓缓从幕后出来。如今，随着时代变迁，开场已变成在一片黑暗中舞台突然被照亮，词也变成了带有香艳之色的撩人语句。此处，来看下《藤娘》的一小部分开场。

淡紫花开际，藤浪阵阵摇，宛若松间饰。

头戴黑斗笠，身扛藤花条，水染花渐紫，藤花划水面，书写爱与怜。

人言衣袖乱，应用镜山镜，照之理容装。

欲寻他人短，先思自身劣。

无镜去镜山，旁有琵琶湖，照之理容装。

吾明他人意，羞意心间绕。

男性最为厌。

栗津松风中，曾言唯一人。

夕阳西下时，三井寺钟鸣，神前已明誓。

回想石头寺，观音像前跪，许下个诺言，然因谎言毁，身心空荡荡。

唐崎黑夜中，细雨绵绵下，心空待君归。

（此处背景乐是深受江户人们喜爱的近江八景）

此外，在嘉永七年（1854 年）日本的江户中村座内，红遍大江南北的民俗歌谣——水乡的《潮来节》被列入了舞剧中。该民谣自天明宽正年间（1780 年）起在日本越来越流行，其曲调中充满江户末期的颓废感，再配以快节奏的伴奏。

1937 年，第六代菊五郎将此首民谣删去，并加入了冈鬼太郎作词的《藤音头》。至此，"藤娘"不再是肩扛藤花枝的女孩，她已升华成藤花精。如此这般，《藤娘》这部舞剧内容变得更加丰富，更显高雅。而缠绕于松树上的婀娜多姿的紫藤花早已成为其象征，即便做成人偶亦是如此。

此处，我心怀两个疑问。

一是平安时代文学中广受欢迎的紫藤，怎么就成了和大津绘 [1] 的"鬼念佛"一样极具代表性的十种主题之一呢？二是为何其被当作大津的特产画流行了起来？对于这两个疑问，我调查了许久，也拜访了多处研究院，至今仍没有找到明确的答案。

一般，已融入我们生活中的花、民谣、流行歌、习俗等皆会被人们所记载，且随着时代变迁会发生不同的转变。若是以此为基础推理，首先便会出现一个疑问：为何少女手举藤花枝的姿态会成为"藤娘"的象征？江户文化是武家文化，看上去似乎不重形式、粗鲁豪放，实则因城市中富裕的资产阶级文化生活的活跃，成了一种讽刺、恶搞王朝的大众文化。所以，这是当时平安文化复兴的一种表现，在此文化中常将女人视作紫藤花。

此处的焦点，个人认为是江户时代人们的需求，即花柳巷。花柳巷是一种荒诞文化，体现了当时的人们对平安时代女官聚会的憧憬。这种在形式上脱离生活的文化就此开花结果。当时的烟花女皆有素养，且获得了相应的待遇。而《源氏物语》则因江户时代的绘草子再度盛行，绘草子等情色读本与平安时代的"好色"不可说无关联。

江户时代大津绘中的藤娘其实就是荒诞化的《源氏物语》，或许她便

---

[1] 大津绘：浮世绘一支，大约在江户时代的京都与大津中间地带产生的民间绘画，又称"鸟羽绘"，为平安朝藤原时代天台僧鸟羽僧正之余流。内容从佛像画到鬼兽人间种种相，皆含可笑味。被视为日本漫画始祖。

是平民心中理想女性的象征。也正因为如此，至今藤娘仍十分流行。

至于藤娘为何肩扛紫藤花枝蔓，首先在我脑海中浮现的景象，是能剧中的狂女，她衣着凌乱，拽着一根满是竹叶的细竹枝。与竹叶相比，紫藤花艳丽且充满生命力，而竹叶虽四季常青却甚少开花。故竹叶可谓植物界活化石的枝叶。思虑过甚且身心已如化石的女人，拽着一根满是竹叶的细竹，将狂女塑造成如此姿态，想必也是日本人感性的体现吧。

那么，为何这一切发生在近江的大津呢？据史料记载，在江户时代初期，盛行道释画《天神》《阿弥陀》等佛画。至元禄年间，流行画风一转，变成了充满幽默的低俗画，以揭露伪善为主题，画风也由荒诞变为了讽刺。例如《鬼念佛》中，川柳 [1] 风格辛辣的讽刺，以及平民式的批判现实主义，皆通过"笑"展现于人们眼前。为何这一切会源于大津且盛行起来呢？个人认为这是因为大津是当时日本的文化交流中心。琵琶湖与濑田川将日本大致分为两个部分，而大津位于分界线处，即大津正处于日本的十字路口。此处，随着江户交通的发展扩张，成了宿场町 [2] 并繁荣了起来。如果大津花柳巷柴屋町的烟花女唱出了《大津绘节》之歌的传说为真，那么我们可以认为这些充满讽刺意味的绘画也是随着民谣一同传播开来的。

最后再提一点，花柳巷的原型乃是在诸多神佛圣地设下劫数的巫女与白拍子 [3]。而大津拥有日本最大的圣地——比睿山，山上有延历寺、圆城寺。此外，此山上还有多贺大社，该神社是日本全国的民俗信仰，详细来说也是日本山岳修验、劝进圣的第一神社，曾有人作诗一首，提及"每月必去多贺神社"。另外，在日本被人们供奉为歌舞音乐之神、极负盛名的蝉丸法师，其巡回演出的中心便是此处。

---

[1] 川柳：日本的一种古典诗歌形式，音节是十七个，按照"五，七，五"的顺序排列。

[2] 宿场町：指江户时代离街道和车站很近的地方。

[3] 白拍子：最初指一种诵读经文的方式，后来演变为男舞艺术。此处指表演白拍子的女性。

总之，藤娘的形象与花一同踏上了"旅途"，历经了时空不断转变，最终于大津定型，并通过歌舞伎的歌声，红遍江户、京都和大阪。

最后再提出几个问题，水运的中心在何处？那里又开出了怎样的花朵？答案便是下一章要说的，潮来小调[1]中的鸢尾。

---

[1] 小调：指日本调的歌曲，包括江户时代以来的各种俗曲、民谣，也有新创作的流行歌曲。

六月

鸢尾

鲜明而冷艳的印象

这一章的主角是鸢尾。

进入六月便是梅雨季节，这一时期真是令人阴郁至极。在这个季节，鸢尾的绽放给人们带来一种鲜明冷艳之感。鸢尾一般是大片生长在一起的，它们同时绽放，大片的花总是能引起人们的瞩目。

当人们在不知名的山间偶遇悄然绽放的野生鸢尾，自是别有一番风情。若是亲自前往公园欣赏那大片自古便被人们悉心培育的美丽鸢尾，也甚是有趣。

在鸢尾花期时，只要稍加留意报纸或其他媒介，便会发现即使在东京，周遭也有许多公园和植物园在举办鸢尾花展。玉蝉花 [1] 据说分为江户类、肥厚类、伊势类。关东最有名的花展，便是在以水乡闻名日本的潮来举办的鸢尾庆典。届时，以关东地区为首的日本各地赏花之人皆会聚集于此。

水乡的鸢尾庆典

我与鸢尾相遇，是在几十年前的一天。因受传闻吸引，我在落着绵绵细雨的一天坐上一条小游船，船从水乡木结构的前川十二桥下穿过，而我则眺望着两岸的堤坝。至今我仍依稀记得当时的风景。

后来，为了鸢尾庆典，我再度前往潮来水乡，那时正是花儿盛开之时。最近我旅行时，通常是乘坐新干线匆忙地穿梭于城市之间，很少前往偏远的中小城市。故那次旅行我深刻感受到了小城镇的温暖。而且这个城镇有着自己的一套生活模式，可悠然品味季节的变换，这一切都给我留下了深

---

[1] 玉蝉花：又名花菖蒲，鸢尾科鸢尾属，多年生草本花卉。

刻的印象。这个庆典的举办时间为 6 月 1 日至 6 月 30 日，年轻的男女穿着统一的日式短外衣，一同迎接客人的到来。

潮来的水乡只有鸢尾一种花。庆典期间，人们通过调整鸢尾园内花朵的花期，使花朵持续绽放。前川鸢尾园是其中最大的一个园区，此外在川岸也有两三个培育鸢尾的园区可供人们参观。走出旅馆后，我一边物色着道路两旁花店内出售的鸢尾幼苗，一边漫步于花的海洋中，短短数十米的路途上竟开放着如此密集的鸢尾，这种经历是我一生中不曾有的。

鸢尾庆典为期一个月，据说 6 月 9 日、6 月 10 日是赏花最佳时间。那时的壮美景观令观赏之人叹为观止。

在常陆利根川并入前川之处的河流沿岸，有一个鸢尾园。在前川鸢尾园，以及位于利根川沿岸的浅间下鸢尾园、常陆利根川鸢尾园这三处花园内，约有五百余种百万株开放时间不同的鸢尾。鸢尾通过杂交产生了许多变化，而变化都体现在花色上，例如紫色、白色、黄色，多彩的鸢尾竞相绽放。

走过小镇外河流上横卧着的十二桥，看见年轻女子驾着小舟，徘徊于十二桥间，闻着熟悉的潮水味，感觉十分惬意。有一首民谣唱过"潮来的新娘乘舟去……"，这片土地上依旧保留着古老的民俗习惯，有时是真正的新娘坐着小船，有时则是工作人员坐着小船，给游客带来新娘乘舟出嫁的景象。

我也曾在水云桥上，自众多的相机中见缝插针地拍下了两张相片，在手划船船头仅站着船长一人，旁边叠放着两个装有酒的木桶及三袋装有米的草袋，新娘与穿着家徽服装的父母坐于船中，缓慢前行。虽说是演出，但极具风情，不由得令人想起古时日本的生活节奏，这艘小船似乎承载着由各处嫁入此地新娘们的凝重、哀愁、华美，在名为命运的河流上漂浮着，向着未知的未来前进。从这份纯净、爱怜当中我感受到了一丝隐忍。这种情绪与这鸢尾之河却极为契合。

从潮来节到阿波舞

　　潮来最近也有几首流行歌曲，有趣的是，闻名全日本的却是那首不知是民谣还是民歌的地方歌谣《潮来节》。此歌起源于古时潮来的花街柳巷，本是自太平洋沿岸传入江户川的船歌，在全日本各处的娱乐场所都非常流行。我曾在"紫藤"一章里提及，它还一度被收入了大江户歌舞伎名剧《藤娘》中。而这首《潮来节》的发源地便是此处。

> 潮来出岛菰丛里，鸢尾花儿肆意开，此情此景真雅致。
>
> 双桨划起来呀，嘿咻，嘿咻。（此处是伴奏。）
>
> 划呀，划呀，不停歇。
>
> 待到行至下关市，港口已然在眼前。

　　围绕这首歌，有些争议。简单说来，因为鸢尾并非水生植物。详细点说，菰是生长在水边的禾本科植物，高约一两米，其茎可食用。枕词[1]"割菰"前面常接"积水处""沟渠"。因此，有植物学家便抗议说鸢尾不可能生长在潮来出岛的水边，和菰一起出现。其实，这首歌里的"鸢尾"是运用了比喻手法，将其比作少女。也就是说，这句歌词所要表达的是潮来美丽的少女如花朵开放。

　　有人便会疑惑，为何我敢如此笃定歌词中的"鸢尾"就是少女呢？其

---

[1] 枕词：和歌常用的表现技法之一。一般跟在固定的词语之后，用来修饰或调整调子，通常为五个音节。

实，潮来还有我们没有见过的另一面。

潮来以前写作"板来乡"，自奈良时代开始被世人所知，是一个风光明媚的内海湾城镇。之后在户藩的管辖下，开辟了通往鹿岛神宫的航线，旅馆业十分兴盛。因人们自奥州乘船南下后再由犬吠崎乘船返回的路线十分曲折，故一般选择自犬吠崎前方铫子海口处穿过内海抵达江户。奥羽、东国地区以及水户地区的水乡是盛产早稻的关东粮仓。潮来便是这些稻米及各类物资的航运集装中心，一个热闹的海港城镇。

这座城镇聚集了豪商、权臣和水手，停靠着船只，又有充足的粮食与金钱，还有神社，自然也有妓女。古江口、神崎等地自古便是极负盛名的花柳巷，此时更是繁华。所以，被比作盛放的鸢尾的少女们吸引着水手和船只聚集于此。此处作为水运要道，直至江户末期海运路线转变前，一直十分繁荣。自江户末期开始直到明治时期，这座城镇的海运业虽然衰败了，却聚集了日本各地前来赏景的文人骚客。而城镇里的花柳巷在当时的日本可谓首屈一指，极负盛名。因此，来访的文人骚客留下了许多诗歌，时间较近的便是野口雨晴的《船头小调》。"吾乃河床上一棵枯萎的狗尾花"，这句歌词在经济不景气的大正时期十分流行，连我也常唱。

这座城镇离香取神社、鹿岛神宫很近，还可以眺望筑波山。香取、鹿岛自古便是信仰圣地，还是武道的发源地。此外，筑波山是关东平原的名山，相当于大和时代的三轮山。附近有霞浦 [1] 之水流经。直到如今，每当跨过河流进入城镇，便会看见镰仓时代建造的长胜寺。长胜寺门前的小河上，有一座思案桥。或许是因为潮来已是关东美丽风景的中心，亦是风光明媚之地的代表，才使得其在日本声名远播。

据当地的老人说，这首小曲与《金毗罗节》等民歌融合后，居然成了

---

[1] 霞浦：位于日本茨城县东南部到千叶县东北部之间，是日本第二大湖。

四国的阿波舞的原型。我感到十分震惊，细细追问后得知这首歌的出现比阿波舞早许久，它是古时庆典、舞蹈、歌曲、伴奏这类民谣元素的原型，故后来被收入《藤娘》中。总之，这首描绘旅愁与人生、爱与情欲及诀别的命运之歌，随着水手们的足迹传遍了花柳巷。

在德岛，夏季男人们会穿着短裤光着脚，女人们则将褪去半边的浴衣与里衣绑在一起，这一装束名为"鸟追笠"。人们身着这身装束，一边用三味线、笛子、太鼓、钲[1]弹出较快的节拍，一边悠闲地走着。即便没有去过当地，相信大家都曾在电视上见过这种场景。而《潮来节》比这种舞蹈更古老，实际上"阿波舞"这类盆舞的名称是在昭和初年才出现的。在天正十三年（1585年），它原本是用于庆祝建城的舞蹈，到了江户后期才演变成现在的模样。可能有人会好奇这首歌原本是什么样子，其实这首歌缓慢而哀愁，在加入了《金毗罗音头》等节奏后，其节拍才变得欢快起来。

江户时代的花柳巷、妓院街是大众文化中心之魂，流行的小曲等都是通过歌舞伎传播开来的。我常想，民谣在花柳巷内流传，之后又在全日本流行。这一点，与如今的流行歌曲无异，只不过现在是通过电视将歌曲传至全日本。如此一来，不断轮流运作的"航运业"在这个时代便指的是媒体。

鸢尾花开何处

说回花的话题，我还是很在意鸢尾是否会在水边开花。在日本有一句

---

[1] 钲：一种铜制的打击乐器，形似钟而狭长，有长柄可握。

话叫作"无论是鸢尾还是杜若"[1]，此外，还有菖蒲。菖蒲与鸢尾其实是不同种类的花，但因为这几种花都很相似，乍一看很难区分它们。

还有一个令人费解的地方，随着时代的变迁，花的名字也在不断改变，有时人们会使用花的俗称。例如从万叶时代到平安、镰仓时代，鸢尾、菖蒲的名字一直在不断变化。当我查找相关资料时，随着调查的深入，我也越发混乱起来。所以，我们不妨借此机会来记一下鸢尾、杜若、菖蒲、玉蝉花这几种花的分辨方法及养育方法。

首先，菖蒲是天南星科，鸢尾、杜若、玉蝉花都是鸢尾科，所以菖蒲是不同科的植物。鸢尾科则包含了鸢尾、杜若、玉蝉花。

其次，说说它们的生长环境。这个知识点对想要或正在养花的人来说是必须掌握的，我也曾因未掌握此知识而在养花的道路上反复碰壁。菖蒲喜水，故常生长于有水之地，如堤坝、岸边。菖蒲花就似一只水乡的小船正缓缓地通过桥洞。鸢尾则喜爱山野、平原，如果某地水太多便无法养育鸢尾。在长野有一间山寺，山寺的五重塔下方有一片紫色的植物，便是鸢尾。与鸢尾相反，杜若喜水。八桥园（爱知县知立市）的杜若花十分有名。而玉蝉花是一种庭院观赏性植物，它喜欢长在湿地上。由此可知，长于水中的不是菖蒲便是杜若，鸢尾最多花开河边的堤坝处，而玉蝉花则常见于水边的潮湿处。

各种各样的特征

接下来，我们需要辨别下这些花的特征。首先是天南星科的菖蒲，自

---

[1]　由于这两种花非常相像，难以区分，所以用来形容两种事物或者人都非常优秀，难以分出高下。

古以来，每到五月五日端午节，人们都会将其放入浴缸里，做成菖蒲浴。菖蒲的香气常给人以高傲之感，但其花朵本身较小且朴实无华。叶与茎高高直立着，看上去生机勃勃。由此可知，菖蒲的香味常给人高傲之感，而其花朵与枝叶却并不符合此印象。据说在万叶时代，菖蒲有另外一个名字，鸢尾草。

现在我们来说说鸢尾科的植物。鸢尾这个名称其实也有诸多说法。鸢尾在日本原本写作"文目"，因为其花瓣的根部交叠得很有规律，形成了"文目"（格子）。杜若的花瓣根部为白色。如果花瓣根部的筋呈现明显的黄色，那就是野生玉蝉花，但其实现在园艺种植的玉蝉花花瓣根部的筋也呈现出黄色。

由此，大体上我们可以通过以下三种特征来辨别这几种花朵：杜若花瓣根部为白色，鸢尾花瓣根部呈现格子状，玉蝉花花瓣根部有黄色的筋。但是，当我们望着一片大小不一、颜色各异的花朵时，若是去一一查看花瓣的筋脉，也未免过于煞风景。若是在潮来看见这些花儿，便会很容易区分它们，因为无论是鸢尾、玉蝉花抑或杜若，其生长环境以及花的华美程度、花瓣的大小皆不相同。此处为了省事，我们不妨将其统称为鸢尾。

从整体上来说，这几种花中只有菖蒲属于不同科，鸢尾、杜若、玉蝉花都可以称为鸢尾。我们不妨把菖蒲看作这四种花中稍显特别的花，如此一来鸢尾花将变得更加绚丽多彩。

这些花中，哪种是你的最爱？其实，在不了解花的时候，只看其中一两种，会感觉每一种都十分美丽。但随着花的杂交，每年都会有新品种的花诞生于世。若是一整天都置身于花海之中，鉴赏能力会不断提高，或者说会渐渐习惯多彩多样的花。如此一来，相较于那些华美艳丽的花朵，我更爱简洁、色彩单纯、冷艳、更接近原始品种的花，它们看上去更加动人。人类还真是奇怪的生物。尤其是菖蒲，该植物的整体姿态方是本体，它的花朵虽小却最接近原始品种。果然此花最令我怦然心动,虽然我也明白现在这么说为时尚早。

掌握季节变化的用法

在《枕草子》中也常出现菖蒲。

> 草是菖蒲,菰蒲,葵,是很有趣味的。贺茂祭的时节,这是从神代以来,就拿葵叶插在头上的吧,实在是很有意思的。(五五)

制作香包时所用的材料也是菖蒲。所谓的香包,就是在锦帛所做的荷包内放入由麝香、沉香、小鳞茎等中草药及香料搓成的圆球,荷包上再添以丝线、绣花为饰,最后加入菖蒲与艾蒿,扎紧口部。香包外面还系着近两米长的五彩丝线,既可以挂在竹帘上,亦可以带在身边,平安时代人们常将其作为礼物赠予他人。由此可知,在古时,无论是菖蒲枝叶还是菖蒲花,都早已融入了人们的生活之中。进入平安时代后,开始出现"鸢尾"这个词语。与此同时,人们将之前呼为"鸢尾草"的植物称作菖蒲。由"鸢尾草"渐渐变成"菖蒲",或许是因为那时人们发现了"鸢尾"吧。

相较于植物学上的分类,我们不妨从日本文艺等领域对于外来文化的接受程度出发,探究根源。如此一来便会发现,人们的喜好一直在变化,人们不仅食用菖蒲,将其入药,还出现了另一种用法。在《枕草子》中有这么一句话:"节日是没有能够及五月节的了。(三七)"。在当时,无论是御殿的桧树皮葺屋顶,还是百姓家里,皆使用菖蒲进行修缮。这一现象实属罕见,令人眼前一亮。此处所提到的菖蒲便是现在的菖蒲。在"节日是没有能够及五月节的了"这句话后面,还有一句,"这一天里,菖蒲和艾蒿的香气，和在一块儿，是很有意思的"。在平安时代，"岁末"被人们认为是一整年生活运气的分界点，无论是贵族还是百姓皆会跨过这个分界点继续生活。我在前面提到过我种植了盆栽，我发现植物们真的会以节日为分界线发生明显变化。若是能再一次将"节日"这一特性融入生活中，相信我们将会变得心情舒畅，生活节奏与身心融为一体，身心也将更加平静。

"五月的节日"有许多，现在正巧是端午节，即男孩节，就在几天之前室外还处处飘荡着鲤鱼旗。在很早以前，人们喜欢泡菖蒲浴，常在泡澡水中放入一把菖蒲。据说在万叶时代，菖蒲被视作草药，十分珍贵。后来，有人将菖蒲写作"尚武"，或许是为了表达其具有祛除污秽的作用[1]。而且，因菖蒲香气冷艳，人们常用其驱赶疾病与灾难。在当时盛行此风，是因为人们相信灵力会给他们带来实际利益。此外，人们常将菖蒲别于发间，或是做成饰品佩戴于头上。

在《枕草子》中，除了菖蒲，还出现了与之齐名的艾蒿。艾蒿同是香气清冽的草药，书中用"浸没在香气中"十分精妙地衬托了其香气，更是添了一份冷冽之感。值得一提的是，五月五日是高峰期，大部分人都在这一天将菖蒲、艾蒿视作驱邪之物挂在屋檐下。

不仅是屋檐，在这一节日里，贵族还会在寝殿内挂上名为"御药玉"的香包。他们将药草制成丸状放入荷包内，再用近两米长的五彩丝线将其挂于寝殿内。若是我们将药丸拆开便会发现，其中含有菖蒲与艾蒿。

此外，菖蒲还有许多更加精致的用法。"青色纸包了菖蒲的叶子，卷得很细的捆了，再用白纸当作菖蒲的白根似的，一同捆好了。"这里绑白纸是模仿菖蒲根茎处白色的部分。"将非常长的菖蒲根，卷在书信里的人

---

[1] 现在一般认为是因为"菖蒲"和"尚武"的日语发音一样，都是しょうぶ（shoubu）。

们，是很优雅的。"以上这些用法极为雅致。虽不敢确定，但相信此人定是要将此信交与恋人，或是互相交换信件。这也算是五月"风流多趣"之景。以上都是对五月五日的描写，这些描写中皆暗藏着菖蒲的身影，例如花朵、颜色、香气，着实有趣。"直至傍晚时分，子规啼鸟飞过，此节满是有趣之事。"

清少纳言似乎很喜欢菖蒲，在《优美的事》中，她使用了"好看""优美"等词语形容薄衣外系着香包的少女姿态。书中写道：三重的桧扇，也还不太旧的桧皮屋顶很整齐地编插着菖蒲，女藏人头上戴了菖蒲发饰，将上赐的香球送给那并列着的王子和公卿们。"他们领受了，拿来挂在腰间，舞蹈拜谢，实在是很好看的。"

在当时，五月佩戴菖蒲似是十分隆重的节日惯例，在《续日本纪》天平一九年（747年）、《太政官式》中也有相关记载。

受人咏颂

《万叶集》中也有十二首咏颂鸢尾的诗歌，其中长歌六首，短歌六首。此外，《万叶集》中还有和歌歌颂了五月五日因香包结缘之事。此处介绍其中几首。

同石田王卒之时山前王哀伤作歌一首

行行石村道，角障每经过，

朝朝行道上，离此将如何，

行人怀忆念，行路空蹉跎，

五月杜鹃鸣，菖蒲傍水生，

花橘串玉珠，持作蔓草茎，

九月时雨来，红叶插满头，

永远垂万世，不绝念悠悠，

见君期明日，此外复何求。

（卷三，423）[1]

大伴家持霍公鸟歌一首

纵待杜鹃闹，杜鹃已不来，

菖蒲草贯玉，为日去悠哉。

（卷八，1490）

谁厌鹃声美，闻之耳欲迷，

菖蒲饰发日，来此放声啼。

（卷十八，4035）

终归是鸢尾

"无论是鸢尾还是杜若"，人们常听到这句话，但仅有少数人知道它源自何处。在平安末期，有一位大名鼎鼎的武将源赖政，他因于紫宸殿上用弓箭射落飞入的怪鸟而深受天皇的嘉赏。此人与后宫中一位名为"鸢尾"的貌美女子相恋了。后来，天皇决定将此女子作为奖赏赠予他。然而，在当时的时代背景下，两人未曾真正见过面。天皇要求源赖政必须在十二位衣着相同的美女中将真正的"鸢尾"挑选出来。然而，源赖政乃是一介武将，且宫中女性皆是美人，他根本无法辨别，着实头疼不已。这一故事

---

[1] 译文取自杨烈译本《万叶集》（长沙：湖南人民出版社，1984 年）。下二首同。

在《源平盛衰记》《沙石集》《平家物语》中皆有记载，但内容并不一致。此外，《太平记》中的记载最具批判性，最通俗易懂。

天皇说道："你对心爱之人想必十分了解，就从这些人中选吧。"话一说完，殿内走入了十二位貌美的女子。但源赖政并不能百分之百确定哪一位才是他的心爱之人。他逐一审视却仍不得要点。于是，他吟诗一首：

> 五月梅雨季，菰立于池沼，
> 愁如水渐涨，终定中菖蒲。

因为此诗获得了殿内贵族的一致好评，再加上其中暗藏的玄机，源赖政终是与那位"鸢尾"喜结连理。在这首诗歌中出现了菰，令人自然而然地联想起了小调。源赖政将面对貌美女子的困惑心情比喻成溢出的湖水，这种比喻手法十分常见。在《古今和歌集》的《恋歌（一）》中收录了以下这首和歌："五月啼子规，菖蒲自葳蕤，春心一片无由醉。"由此可见，当时人们已会将楚楚动人、貌美如花的女子称为"鸢尾（菖蒲）""杜若"。而之所以如此称呼，则是因为在当时"不知鸢尾（菖蒲）"="不辨是非"。

《伊势物语》的中心

杜若这一名字最早也出现在平安时代。在原业平在《伊势物语》第九段中有所提及，当时有咏杜若的诗歌，杜若甚至还出现在工艺美术品的图案之中，在诗歌中作者以藏头诗的方式添入了"杜若"一词，整首内容极其雅致。

眉清目秀的贵公子在原业平，厌烦了首都世俗中的空虚之感，遂踏上

　　　　　　　　　　　　四月樱，九月萩：花的日本美学探源

了前往东国的旅程。在旅程之中，早已抛弃世俗的年轻公子哥不断探究身为男人的意义，追逐世事无常的梦想。他与三两好友行至名古屋的三河国周边一处名为八桥的地方。河流在此处分成八条支流，河流之上架着八座桥梁，故名为八桥。他们一行人在此小憩片刻并吃了干粮，偶然看见河流旁盛放的杜若花，于是其中一位好友提议："何不各作诗一首，抒发旅途所感。要求便是须将杜若的日语发音[1]隐藏在诗歌中。"虽然他们义无反顾地舍弃了都市生活，但念及所爱之人仍身处都市，便不免想要通过诗歌抒发心中所想。

　　　　舍弃锦衣与爱人，长途苦旅空寂寥。
　　　（から衣 きつつなれにし つましあれば はるばるきぬる たびを
しぞ思ふ）

　　第一句"舍去锦衣与爱人"中的"锦衣"指的是唐衣，即豪门贵族里女人的衣裳。透过此句诗歌，不禁令人联想起在原业平灿烂的情史。《伊势物语》中写道，此诗歌一出，众人不禁潸然泪下，泪水浸湿了膝盖上的干粮。这首诗既滑稽又有趣。此处的干粮与"长途苦旅"中的日子相呼应。在当时唐衣亦被称作鸢尾襟。因其正面呈青色，反面为红梅，故人们将其称为满是鸢尾元素的唐衣。

图画中的鸢尾

　　除以上提到的诗歌之外，还有许多和歌、俳句也咏颂了鸢尾、杜若。

――――――――

[1] 杜若的日语发音为かきつばた，在日语原诗中可以找到对应发音。

与此同时，鸢尾也开始被人们选为美术作品、工艺品的主题，于是日本出现了许多鸢尾图以及简化的鸢尾图案。

在日本，有许多家徽采用了成簇的鸢尾图案。在能剧等传统演出服装上，不仅绣有成簇的鸢尾，人们还常以流水纹配之，尽显华丽。此外，人们甚至还会根据个人喜好，在窄袖便服、礼服等衣物上绣上鸢尾花纹。

最值得一提的是，尾形光琳[1] 的作品中有一幅名画《燕子花图屏风》，画的便是鸢尾。此屏风在日本美术史上乃是殿堂级、划时代的巨作。七束、五束、三束，成簇的鸢尾错落有致地在蜿蜒的八桥周围盛开，这便是此画的构图。但作者却仅简单地画了几簇鸢尾，蜿蜒似八桥。此等构图极其新潮，当人们欣赏此画时，通过这些朴素的花朵很容易联想到蜿蜒的八桥。作者以某一簇鸢尾为原型，一边一点点地画出众多与众不同的鸢尾花簇，一边构思整体的画面。作者的想法十分现代，他在对整体的画面进行构思后才逐渐完成画作。仅凭此一点，此画便被世人评为极具江户时代特色的新潮之作。本阿弥光悦、尾形光琳等琳派画家的构图便与《伊势物语》里平原风景中的杜若息息相关。而此事也正好说明了一点，在《伊势物语》里与杜若有关的诗歌中所表达的情感，如今依旧深深地影响着我们。依我之见，在原业平对鸢尾的印象影响了后世的画家，影响了他们对于鸢尾的印象。简言之，江户时代美学的根源可追溯至平安时代贵族的聚会。从此，杜若不仅出现在文学世界中，也出现在桃山、江户时期所复兴的工艺设计里。如今我深有感触，杜若正在重新融入我们的生活。

---

[1]　尾形光琳（1658—1716）：日本画家、工艺美术家。

花美引乡愁

为何鸢尾、杜若在日本人心中代表着乡愁？当我们打算探究一番此问题的答案时便会发现，《伊势物语》中那首描写杜若的诗歌的主题是一个打算抛弃世俗生活的男人的人生之旅。那首诗歌里满含着作者与恋人惜别的泪水。涓涓不息的小河旁，开着簇簇鸢尾花，此番景色令人不禁思念起别离的恋人。日语中有一句俗语"万物皆随波逐流"。而事实上，水乃万物之源。河流留给世人的印象总是川流不息、具有很强的生命力。流水纹自古坟时代[1]所铸铜镜中便已有体现，诗歌中亦常有它的身影，并流传至今。尾形光琳还有一幅名作《红白梅图屏风》，此画的正中央也画着蜿蜒的流水纹。私奔、诞生、旅行、爱恋、怀旧、流水还有花，一切元素皆已集齐。我也常探寻内心，询问自己到底鸢尾花有何独特魅力。

最终得出的答案便是此花本身。鸢尾因其根茎直挺、叶如枪穗般又细又尖，常给人清纯、正直之感，故被看作五月五日节日的象征。在阴沉沉的梅雨天里，笔直的细细的根茎上开着紫色的小花，有三瓣，有六瓣。经与本地人交谈后得知，原来花朵内侧的花瓣会一直保持挺立，不会萎蔫。然鸢尾中也有如玉蝉花一般花大色艳的花朵。根茎与叶瓣的清纯、机敏之感，配上花瓣因雨水浸湿而呈现出艳丽的黄紫色，其香气冷艳又妖娆。这些矛盾融合在花朵之中，而这花宛若要吸食水中精气一般，不顾世俗尽情绽放。此点恰巧与日本人阴阳一体的观念一脉相承。

因是梅雨季节，人们的心情格外阴郁，每当此时心中便会不由得浮现鸢尾花开之景。正如之前所介绍的那般，四月的樱花十分柔美，盛开之时

---

[1] 古坟时代：公元 250 年—592 年，古代日本的历史时期，又称大和时代，因当时统治者大量营建"古坟"而得名。

漫山遍野；五月的紫藤垂落着数根花穗。鸢尾与这两种花有所不同，它带着一种独特的美。

在日本，人们一年四季皆有喜爱之花，于是常会挑选应季的花，养于心间，令其怒放于文学及生活之中，届时心境也变得更加宽广。当我踏上花之旅时，便越发感觉花之内涵深奥至极。

战败后，日本人也曾忘记过花。但如今，人们终于再度萌发了珍重花的念头，于是乎紫藤祭、鸢尾祭也再度现世。

在东京，若是想要观赏鸢尾，可以去葛饰区的堀切菖蒲园和水元公园，也可以前往皇居北侧的丸公园。此外，全国各地还有许多有名的菖蒲园，若是可行，我真想全去一次，但现在只能由我向各位介绍其中的几处。岩手县的毛越寺、平泉的金色堂旁某个池水边，皆可赏花。此外，千叶县的水乡佐原附近也有许多观赏之地。诹访湖畔的鸢尾园、石川县的兼六园、近畿及山阳山阴地区[1]也有许多好去处。若是在四国，可以去香川的栗林公园；如果在京都，则可前往大田神社等地。各位若是有中意的，不妨前往观赏一番，一同探寻鸢尾秘境。

---

[1]　山阳山阴地区：日本的一个区域概念，位于日本本州岛西部，由鸟取县、岛根县、冈山县、广岛县、山口县五个县组成。

七月

百合

花之女王

七月正值夏季，是鲜花盛开的时节，各种花朵竞相绽放。

在梅雨季的末尾，阴天总给人阴郁之感，人们自是无心出行赏花。但偶然间，我们便会发现周围已满是绿色，其中还有着一抹艳丽的色彩，便是紫阳花。如今的紫阳花经杂交后已产生了许多品种，它们身处日本各处争奇斗艳，华美异常。

本来我也打算写写有关紫阳花的内容，但这次我决定把机会让给有"花之女王"之称的百合。百合是日本最古老的花朵之一，但人们似乎都不了解它的由来。因它常出现在我们周围，反而容易忽视其存在。我们不妨借此机会重新审视一下百合花，一同探寻它的神秘之美，了解那自古流传至今的神话以及日本人寄托在它身上的思绪。

百合令人意想不到的象征

在这里，让我们先回顾一下七月前的季节。正如前面提到的，春季里樱花成片绽放，人们远观那如云似霞的美景，宛若一片花海。冬季里朵朵梅花傲然立于雪中，人们近观朵朵梅花所呈现的不同色调，甚是有趣。而百合不同于这些花，人们不知是该远观或是近观。百合也是成片生长的，它们常零星地在草丛之中静静绽放。见此情景，人们总会不自觉地将其摘下带回家中。此花自古便有独特的香气与魅力，令人神魂颠倒，心生爱怜。

旅途中偶遇的百合，以及梦中出现的百合皆早已在我的记忆深处留下了一道道痕迹。我也尝试着追寻这一道道痕迹，探寻百合的魅力。

在汤河原的支流经过的箱根，有一处仰木鲁堂[1] 的茶室。此茶室是一座有着近三千坪[2] 庭院的庄园。我曾受邀前往此处。当时正值梅雨时节，烟雨朦胧，古树上艳丽的红梅已然凋谢，依稀可见河流对面大文字山的山顶。石阶下方有一处基本未曾修整的庭院。两层的庭院构造中设有溪流、假山。山间的野草中有三四株约一米长的鬼百合正肆意绽放。山间的野草凸显了百合花的独特魅力，再配上百合花令人神魂颠倒般的妖娆香气。彼时的百合与庄园女主人的印象重叠在了一起，与那天夕阳西下的时刻一同刻在了我心间，难以忘怀。听说女主人的母亲是明治时期鹿鸣馆[3] 的名人。所以这座庄园有着不符合明治时期的新潮样式，它反映了那一时期日本文化与西洋文化齐放的历史。或许正因为这样，在明治、大正时期的日本美人图中常出现百合花。

大正时期摩登风的百合与女性

再举一个例子。1918 年前后，日本的国画创作协会展出了一系列以女子为主题的奇怪画集。该画集出自甲斐庄楠音，这个画家并不出名，但我依旧研究了此画集并在刊物上发表了有关文章。1997 年，京都国立近代美术馆举办了一个盛大的展览会，轰动一时。此次展览旨在透过大正时期的现代主义与颓废风格，令世人重新看到日本画的精妙。这就好比在文学中，芥川龙之介以降的白桦派文人皆热衷于西欧的现代主义。村上华岳[4] 的后

---

[1] 仰木鲁堂（1863—1941）：大正、昭和初期的茶艺家、建筑家。

[2] 三千坪：约一万平方米。

[3] 鹿鸣馆：建成于 1883 年，是日本上层人士进行外交活动的重要场所。得名自《诗经·小雅》中的"鹿鸣"篇。

[4] 村上华岳（1888—1939）：日本画家，倡导融合东西方美术，创造新绘画。代表作《裸妇图》，描绘出了女性肉体的性感，同时呈现出宗教画一般的崇高气氛。

辈甲斐庄将现代主义与江户歌舞伎的风情融合起来，描绘了一幅幅大正时期现代主义风格的女性裸体。这部画集最近很受世人瞩目。简言之，它是一部融合了罗丹、蒙克等作家的画风以及超现实主义、米开朗基罗的裸女元素的奇怪画集。在这部画集中有一幅名为《白百合与女性》的小作品。摒除了那些名作之后，这幅小作品便浮现于我的脑海中。至于为何是这幅画作，我也不甚了解。

甲斐庄出身京都一个富裕的宫廷侍卫家庭，他想通过自己的画作向世人展现在现实世界中真实存在的人。为此他创作了一个充满江户末期歌舞伎颓废风、米开朗基罗及威廉·布莱克的神秘幻想写实主义的世界，而画作中的人便是生活在这融合了日本、西欧与大正多重风格的世界中。甲斐庄画裸女的初衷便是如此，他宣称他的作品并不会如风干的和果子一般无趣。他所画的裸女既丰满又水灵，其身姿既色情又带着一点怪异，他借此描绘出了灵魂与肉体、男与女的统一。甲斐庄自幼便有性别认同障碍，喜欢着女装。一般来说，人们常用玫瑰来代指同性之爱，但他认为同性之爱的象征当数百合。可以说，大正时期的现代主义就是日欧融合的文化之花，它以"雌雄同体"的百合作为象征自是最为恰当。

百合的种类

百合的品种很多，有山百合、鬼百合一样有着大型花朵的品种，也有自古以来便很受人们喜爱的小百合、姬百合等既优雅又可爱的品种。最近因为生物技术的进步，百合经杂交后品种更加多样。如今这些新品种也融入了我们的生活之中。例如我最近常见的一种名为卡萨布兰卡的百合花，是近期才引进的品种，它的枝茎上会牢牢地开出数朵大型的花朵。

虽然现在世界各地都有百合，但日本仍被称为百合王国。原种，即本土生长的原生种类。据说在全世界八十种百合原种中，有六分之一源自日本，而欧洲全境仅有极少量的原生种类。

说到这儿，不妨说一件有趣的事情。在 19 世纪后半叶的欧洲，出现了一群被称作布兰特猎人的投机冒险家。他们不惜翻山越岭，在全世界搜寻未见过的珍稀植被，然后用极高的价格卖出。于是欧洲大陆上出现了探寻植物珍宝的风潮，它就如同美国的淘金热一般，被人们当作致富的捷径。由此，世界各地的珍贵品种，以及通过杂交培育出的新品种纷纷出现在人们眼前，园艺也火爆了起来。接着，有人将日本原生的有大型花朵的山百合、鬼百合的种子作为极其珍贵之物带回了欧洲。由于欧洲人只见过开着小花的百合，所以看到日本的大型百合感到十分震惊。话说回来，早在日本江户时代，自第三代德川将军德川家光开始，园艺热便开始了。

到日本江户时代中期左右，园艺热潮已盛行，人们培育出了百余种百合品种。到明治时期，人们将这些花朵出口到以欧洲为中心的世界各地。所以现在提到百合，人们往往会想起其华美异常的姿态，误认为其源自欧洲。但如今我们仍可从百合中感受到其残留着的日本的优雅特质。

《万叶集》中的百合，反映了古人之心

因日本的百合种类较多，自古以来它便常出现在和歌以及各类故事之中。其实不仅仅是百合，当我们回顾之前所提到的有关花的故事，便会惊讶地发现，在日本人心中，应季的花朵方是关键所在。它们是每年定例活动的象征，是以和歌为中心的文化生活的表现，是敬畏神灵之心的象征，是男女间深厚情爱的表现。

此处不得不提一部古时的著作——《万叶集》。此书收录了数首歌颂百合的和歌，可以说百合便是最古老花朵的原型。实际上，关于"百合"

这一名称的由来，存在多种说法。在日语中，百合读作"yuri"，相传此发音源自日语"摇晃（yureru）"一词，而它的汉字写法"百合"则是受汉语影响。另外，据说在古时的日本，"yuri"有多重含义，例如当时的人们将"后"这个汉字也读作"yuri"，表稍后之意。

《万叶集》中有九首短歌、一首长歌提及了百合。如今的百合经过繁衍已变得十分华美，但透过它们我们仍可以看到《万叶集》中百合的样貌。千年前，那朴素的百合方才最近似原种。

与《古今和歌集》之后问世的和歌集相比，《万叶集》中多了许多歌颂花的和歌。据研究，《万叶集》中出现的花名相当多。若是有人看过《万叶集事典》（有精堂出版）的索引，便会发现除去内容最多的人名索引外，动物索引有约十页，植物索引竟也有约二十页。与之相比，《古今和歌集》中出现的植物名还不到其四分之一。之所以会出现这一现象，是因为它与诸如《敕撰集》之类的上流歌集，《梁尘秘抄》中所收入的今样[1]和催马乐、《闲吟集》等民间歌谣本就有略微不同。

在此，我举几个例子。首先介绍一首青涩的相闻歌[2]。

路畔草丛深，百合笑缤纷；岂宜将一笑，视作许终身？[3]（卷七，1257）

女子青涩的笑颜恰似草丛深处静悄悄绽放的百合，男子怎可仅凭借这一笑颜便要与其定下良缘？而在另一种解读里，这首和歌表达的是女子婉拒男子之意。但个人以为，这首诗歌还有另一层含义。在通读此歌时，我

---

[1] 今样：平安中末期的流行歌谣。

[2] 相闻歌：《万叶集》中的一种题材，是亲友、恋人间互相问候的诗歌。

[3] 译文取自李芒译本《万叶集选》（北京：人民文学出版社，1998年）。

竟不禁流露笑意，真是令人羞愧。

接下来，介绍一首由女性诗人所作的和歌。此和歌出自大伴坂上郎女。

靡靡夏草中，一朵姬百合，幽思不见知，心中愁苦多。[1]（卷八，1500）

这首和歌所要表达的意思在后两句"幽思不见知，心中愁苦多"。诗人将心中暗藏的爱恋寄托于野草丛中的一株姬百合上。这首和歌中所蕴含的情感既青涩又强烈。

相较于城市宫廷中的花，野外草丛深处的花更为生动。总之，透过这些和歌可知《万叶集》的编撰者大伴旅人似乎很爱百合。

在百合之中，山百合与鬼百合有着较大的花朵。但常被人们歌颂的，反而是身边常见的比较小巧的百合品种，诸如笹百合、姬百合等。在日本，笹是矮竹的统称。相传笹百合的叶子形似竹叶，因此得名。

天平感宝元年（749年）五月九日，有一位名为秦伊美吉石竹（又名秦忌寸石竹）的飞騨守[2]，将越中地区那些同为国司[3]的官员召集起来，在自己的府邸大摆宴席。石竹是此次宴会的主人，他命人制作了三枝百合花蔓，并将其置于形似高脚杯的豆器之上，送至各位宾客面前。随后，众人便以这三枝花蔓为题吟诗作赋。

若是有人读过《万叶集》中那九首提及百合的短歌（卷十八）便会明白，当时的人会将花朵戴于身上、插于头上、别于发间，这些皆属于礼仪

[1]　译文取自钱稻孙译本《万叶集精选》（上海：上海书店出版社，2012年）。

[2]　飞騨守：日本古时官员名称之一。

[3]　国司：日本古时由中央派遣下来管理"国"的官员。

　　　　　　　　　　　四月樱，九月萩：花的日本美学探源

的表现。现在，我们便来看由大伴家持所作的和歌。

灯火光辉照，光中缦可嘉，见花人亦笑，百合笑开花。[1]（4086）

在一片欢乐的氛围中，摇曳的灯火映衬出百合不同的侧影，此情此景令人不禁面露微笑。这首和歌反映了作者思念意中人的心情。接下来是伊美吉绳麻吕所作的和歌。

灯火光辉照，光中百合花，后来能会合，思此乐无涯。（4087）

今思百合花，后会实堪夸，今日今时刻，爱之慎勿差。（4088，大伴家持唱和）

在这首和歌里，"百合"与"后会"的日语发音相同，皆读作"yuri"，作者借此来表达希望巩固彼此之间友谊之意。

接着介绍一首令我记忆深刻的和歌。此歌并无题目，乃是常陆国那贺郡上丁大舍人部千文所作，是一首防人歌[2]、东歌[3]。

筑波岭含翠，妹似百合花，夜寝百重恩，日间亦爱煞。[4]（卷二十，4369）

---

[1] 译文取自杨烈译本《万叶集》（长沙：湖南人民出版社，1984年）。下二首同。

[2] 防人歌：担任日本北九州警戒任务的东部地区的人们（防人）及家属诵咏的诗歌。

[3] 东歌：日本东部地区的诗歌。

[4] 译文取自李芒译本《万叶集选》（北京：人民文学出版社，1998年）。

这首和歌甚是精妙。透过此歌仿佛能看见筑波山脚下的百合花海。此首和歌中"百合"的日语发音非同寻常，不读作"yuri"，而是"yuru"。此处的"夜寝"指的是夜晚夫妻或恋人间的床笫之事。于男子而言，自己的妻子就如同筑波山脚下圣洁的百合，清纯可爱，她夜晚在床笫间自是楚楚可怜，白天也同样惹人爱怜。此处的"爱煞"一词满含了男子的爱意。这首和歌描绘了百合昼夜的两种魅力，表达了男人对于这两种魅力的喜爱之情。虽昼夜情调不同，但两者皆令人爱之入骨。这番话语真是感人肺腑。

长歌（4113）的篇幅过长，故我未将原文列入此书。这首和歌的主角是一位只身前往北陆越国就职的男子。在他就职的五年期间，不曾购置寝具，一直以手为枕，和衣而睡。但他却在自己的庭院里种植了百合花，以此来寄托自己对心爱之人的相思之情。在通读这几首和歌后，我似乎领悟到了一点：《万叶集》中的和歌融合了男女之爱的两面性，既有纯真的情感，也有浓烈的情欲。那娇小、柔和、脆弱的百合，激发了男子的保护欲。百合也可以说拥有两副面孔吧，它既有着清纯的外在，内里却又有妖娆之姿。此时，我突然领悟到了大自然的奇妙之处。

从《源氏物语》到西行

如上所述，百合极易融入我们的生活之中。但曾几何时，百合也被人们当作拥有某种灵性的花朵。在《万叶集》之后的歌集中也有人歌颂了百合的灵性。特别值得一提的是，当时的民谣催马乐中有一首《高砂》，在《源氏物语》所描绘的时代里，人们早已将此歌的曲子作为俳句，反复吟诵。这首俳句的后半段写道："……不可性急徐徐图，定可会见两姑娘，貌比初开百合花更强。"

四月樱，九月萩：花的日本美学探源

在《源氏物语》的"杨桐"一章中，提到了一位与光源氏关系较好的竞争对手，他是头中将的次子，之后的红梅大纳言[1]。他曾多次吟诵《高砂》中的这句"貌比初开百合花更强"，其随意吟诵的声色、风貌皆美妙无比。头中将便是借用了这首俳句的最后一句，作和歌一首，以此赞颂光源氏的美貌。

闻歌瞻望君侯貌，胜似蔷薇初发花。

源氏大将微笑着接了酒杯，答道："花开今日乘时运，转瞬凋零夏雨中。"

光源氏所回答的这句话，表达的是"我不可能一直如此耀眼夺目，我亦已衰老"。"杨桐"一章的内容跌宕起伏，从此章开始，光源氏的命运便急转直下。而作者在此章里引用催马乐中的百合来暗指光源氏，亦可看出百合在作者心中有着较强的指代性。那位名为红梅的少年，在光源氏命运发生转折的背景下不断成长，终现英姿。

其实，若是我们再细细分析《高砂》，大胆假设山茶与柳树等皆指代的是女子，便可推断出这首和歌意在自责，质问了世间男子竟如此急切地想要将事物据为己有，莫不是因为其早已下定决心不再期许与百合再度相遇？

百合自奈良时代起，到平安时代、镰仓时代，一直被人们歌颂着。我之所以想要介绍《源氏物语》中出现的这首《高砂》中的诗句，是因为它与西行的和歌有关，这里我必须介绍一首收录于西行《山家集》中的和歌。

---

[1] 大纳言：日本太政官制度下设立的一个官职，是第四等级的次官，官位相当于三品、四品。

云雀腾空起，荒野百合生，不羁自由姿，摇曳入心间。

　　既是荒野，自会有风、有雨、有风暴。此处荒无人烟，一只云雀鸣叫着腾空而起。此处的"腾空起"展现了云雀起飞的样子。阅读此和歌后，仿佛能看见一只云雀正要起飞，本以为其会匆忙笔直地飞向天空，哪知竟突然变换了飞行方向急速向下俯冲。在草原上，一株纤细、脆弱的姬百合笔直地立在那里，随风飘摇。见此情景，若是常人定会说此花甚是清纯、极为好看。但西行却不同，他见此情景，不禁吟出："不羁自由姿，摇曳入心间。"这句和歌体现了一种不去依赖他人、顺其自然的心境。而这"心"到底指代的是西行的心境，还是姬百合所象征的少女的思慕，抑或是风景的全部？若是把此首和歌当作一首描绘爱情的和歌来解读，便会发现我们无法理解其精髓。"不羁自由姿"，这句展现的是自由的心境。不妨想象下，假设我们贪恋着世间万物，此时人们会惊奇地发现心中居然产生了一种不同寻常的自由之感。西行所作和歌，果然名不虚传。这首和歌内含深意，阅读过后，令人不禁扪心自问究竟何为真我，何为爱？

　　基督教《圣经》中似乎也有一首名为"野生白百合"的诗。在基督教的结婚仪式上，人们常用百合装点教会的祭坛，新娘也会采用百合装饰自己。连这般柔弱清纯的百合花都能在辽阔的原野上绽放光彩，这到底是谁的意志？若是我们细细研读便会发现，西行将这首和歌收入了他的私家集《山家集》中。但在岩波文库版里，这首和歌竟被归入"佛教和歌"。也就是说，这首和歌被夹杂在了传教歌当中，而在《山家集》的前言部分也写明了作者"以释放心性为题，盼世人皆能读懂"。总之，这首和歌看似是在歌颂如云雀般清闲之情，实则是盼世人能如原野中盛开的百合一般无拘无束。西行定是希望人们能试着放松心情，顺从佛法而生。

百合花祭

关于和歌的介绍就到此为止。其实百合不仅常作为女性的象征被世人歌颂，它也被视作是极具灵性之物，是神秘真理的象征。

人们之所以对百合有如此印象，是源于我们生活、生存方式中的点点滴滴。除去歌集，流传至今的还有民间传承、民间信仰及民俗活动。在百合花祭中，最有名的当数奈良狭井川畔率川神社的三枝祭。三枝祭中的"三"通"山"，三枝祭其实就是山百合花的庆典。据说，奈良盆地的三轮山信仰是日本近畿地区最古老的信仰。三轮山是一座独立的山峰，它并不太高，且山势平缓。三轮山文化圈位于古日本形成时期的精神文化中心。此山是大神神社所奉之神的象征。大神神社，亦可写作大三轮神社，该神社所供奉的是造物之神。日本人的山岳信仰便源自三轮山。

此山最出名的是自奈良时代流传至今的两个重要庆典。其中一个便是大神神社和狭井神社在樱花盛开时所举行的庆典。人们一边惋惜花落，一边举办花神祭，借此祈祷当年五谷丰登、无病无灾，并通过祭祀来镇定花神之心。花神祭举行之时正值樱花盛开之际。如今的花神祭定于每年四月十八日举行，场地以狭井神社为主。人们也会将三轮山上的百合根与忍冬供奉给其他神灵，百合花已成为三轮山的象征之一。

还有一个镇花祭是在六月十七日，此庆典的规模更加盛大。它始于大宝年间（701—704），一度荒废，但在1881年又再度盛行起来。这便是三枝祭（百合祭）。在我看来，该庆典最能深刻地表达三轮山百合中所蕴含的日本人的情感。

其中由来，在《古事记》中有所体现。日本神话中最原始的天皇——神武天皇在遴选皇后之时，遇见了七位三轮山的少女。而他便在这山百合盛开的狭井川边，看中了其中的一位少女——伊须气余理比卖，并与其共度一晚。书中的注释提及，那条他们相遇之地的河流之所以写作"狭井川"，是因为河流边盛开着许多山百合。而在日本，山百合曾被称作"佐韦"，该词的日语发音与狭井相同。现在我们所说的笹百合其实就是曾被人们称作"佐韦"的山百合。基于百合的这一传说，人们每年都会在率川神社举行三枝祭。

遗憾的是我至今未曾前往参与过此庆典。据说该庆典十分盛大，它是与三轮山渊源颇深的百合庆典。巫女们齐聚三轮山，将绑好的百合花束装饰在盛满白酒及黑酒的酒桶周围，供奉于神龛前。有四名巫女用绣有日月的缎带将头发束起，挥舞着笹百合，跳起祭祀的舞蹈。此庆典不仅出现在《古事记》的传说中，在《延喜式》中也有记载。时至今日，笹百合的庆典之所以能在三轮山及与其渊源颇深的率川神社再度举行，想必是因为百合暗含了人们对生命的祝福。

百合是美丽、生命及信仰的象征。从这一角度来看，百合自古便与日本人结下了深厚的缘分。日本人认为百合的精魄能孕育生命，是天地万物生机的根源。因此，日本人也常将百合融入美术及工艺设计之中。反倒是日本家徽中似乎很少见到百合图案，或许是因为日本人不喜百合向下绽放的姿态吧。

传说与舞曲

在日本有许多与百合有关的传说，其中有一个传说讲述的是一位以百合命名的英雄。在嵯峨天皇时期，有一位名为百合若大成的英雄，他是被长谷寺、冈寺中的观音赐福过的孩子，他仗着有神灵庇佑，踏上了征战异国之路。之后，他的事迹被编成了一种舞曲，名为幸若舞。在室町时代后期，人们将融合了诵经之声与平家琵琶曲的舞曲统称为幸若舞。

简言之，该舞曲描述了一个故事。故事的男主角在战胜蒙古凯旋的途中，于玄海岛小憩了片刻。哪知，他的部下皆在此时弃他而去。他心中苦闷至极，回到家后便展开了复仇。在复仇结束后，他过上了幸福的日子。

但在坪内逍遥的分析中，百合若这个名字有可能源自荷马所著的《奥德赛》中的主人公俄底修斯（日语中百合的发音与"俄底修斯"的前两个字发音一致）。然而，百合若这个名字中还有一个"若"字。"若"在日语中常用于描述生命的萌芽或是形容生命力强，故在日本甚至有名为若宫的神社。依我之见，此处的"若"字有着某种寓意，即希望此人拥有如百合般顽强的生命力与旺盛的精力。随后，幸若舞流行起来，连歌舞伎也跳起了这支舞。

西方人眼中的百合

刚才我提到了荷马所著《奥德赛》中的主人公俄底修斯。那么，我们不妨思索一番，百合在西方人心中是怎样的印象。

在西方人眼中，百合多指白百合，这在希腊神话中已有所体现。希腊女神赫拉的乳房中迸发而出的乳汁洒在空中便化作了银河，洒在大地上便化作了百合。乳房乃滋养生命之物，洁白、珍贵的乳汁中亦满含着滋养生命的能量。或许此等情景中已暗含了百合在西方人心中的印象。在中世纪，为了衬托圣母玛利亚的神圣、纯洁，西方人在举行各种仪式时常会选择百合用以装饰，就连修道院的庭院内也常种着百合。白百合也因此成为神圣、纯洁的象征，它甚至经常出现在十字军的旗帜上。

此外，在法国，百合不仅是纯洁的象征，它也代表着生命力、子孙繁荣以及幸福，由此它成了波旁家族的标志。在十字军时期，百合已是王室的标志，路易九世便在旗帜与徽章中加入了三枝百合用以装饰。百合之所以深受法国人的喜爱，或许是因为在他们心中，百合不仅象征着力量，还代表着纯洁、美丽与优雅。

马拉美作品的魅力

百合之所以给人以西洋之物的印象，是因为它是法国波旁王朝的标志。在 19 世纪，百合也曾风靡一时。在 19 世纪末至 20 世纪，有一群被称作象征主义的诗人，他们被百合的神秘之美深深吸引。这些诗人之中有波德莱尔、保尔·魏尔伦、兰波等。其中，波德莱尔不仅描绘过满是人性丑恶的西方世界，也歌颂过神秘又充满自然力量的东方事物。而另一位名为斯特芳·马拉美的诗人，受波德莱尔的影响，创作了一首歌颂百合之美的诗歌。

诗歌名为《花》（Les Fleurs）。其实在此之前，他的前辈波德莱尔早已出版了一本以《恶之花》（*Les Fleurs du Mal*）为名的诗集，想必他也是受此影响。此诗歌中出现的"你"指的是神、圣母玛利亚，抑或是自然。该诗歌虽是在宣扬基督教，但它作为自然主义的象征，也值得人们深究一番。这里，介绍诗歌中的一小部分。

（前略）
百合咽噎的白色
流动在被它划破而叹息的海洋上，
穿过苍白的地平线上蓝色的烟霭
冉冉地升向泣露的明月。

（中略）

圣母呵，你用强壮、正义的圣体

为惨淡人生中憔悴的诗人

创造了满贮苦药的圣酒杯，

和一朵朵带着死亡芬芳的鲜花。[1]

（1846 年作）

此诗的前半段出现了剑兰、风信子、玫瑰，而此处描绘了颜色、香气，以及"咽噎"，即低声抽泣般的声音。此声音表明人们的五感已融为一体，与宇宙万物相呼应，人与自然交织在一起。这便是此诗的魅力所在，令人读后不禁沉浸其中，心生忧愁。波德莱尔在他的《应和》一诗中，宣称自然便是神灵的宫殿。而受当时的环境影响，马拉美竟略过了基督教，将古希腊式的、东方式的世界观具象化了。由此可知，这首诗歌甚是精妙，它深度探究了百合之美。

自然与人类。世界，或许也可称作宇宙。百合兼具神圣和力量的两面性。

事实上，这一时期，马拉美首次在自己的诗歌中将希罗狄亚德比作玫瑰。而希罗狄亚德恰是其下一部作品的主题。在他的作品中，这朵"玫瑰"便是莎乐美的母亲，那个下令砍去圣人约翰头颅的王妃。总之，花朵带着希罗狄亚德之姿。据说，人们一旦沉醉于花儿那颠倒生死的魅力之中，便会永无止境。这便是百合，这朵两性花所拥有的魔力。

纯洁、清澈中暗藏着情色。它们本与破坏力、生命力一样，是两种截然相反之物，就好比印度思想中的湿婆与卡莉[2]。但现在它们却共存于同

---

[1] 译文取自葛雷译本《马拉美诗全集》（杭州：浙江文艺出版社，1997 年）。

[2] 湿婆：印度三大主神之一，是破坏之神。卡莉：印度教中的一个女神。

一事物之上，由此形成了一个整体。而这个融合了矛盾之物的整体，就像是整个宇宙的缩影，象征着宇宙的构造及运动。依我之见，马拉美通过这首诗歌赞颂了百合中所暗藏的宇宙奥秘。

八月

莲

莲花开时有声否

这回，让我们一同探寻夏季之花，说说与莲花有关的故事。

莲花似乎常出现在我们周围，但其实此花只生长于池水及沼泽之中。此外，莲花常在凌晨四五点，即天未亮之际开花，故很少有人见到莲花花蕾绽放的那一刻。而当夜色降临之时，它便会枯萎。因此，莲花虽很常见，却总给人以神秘之感。

此外，更令人好奇的是莲花开时是否会发出声响。

之前已有提及，在江户时代中后期，造园、盆栽、花牌游戏等与花相关的活动十分盛行。若是细细查找便会发现，在当时的俳句与川柳中，有许多提到了莲花开时会发出声响。在西山松之助所画的《江户名所图绘》中便有描绘江户末期，文人们聚集在上野的不忍池旁举办赏莲宴的场景。据说此图中还绘有赏莲船。下面这首诗便是出自赏莲宴。

> 法华之花，开时有声，此乃莲花。
> 拂晓之时，闻声嗅香，应是莲花。

既然有此诗句，不就表示莲花开时会发出声响。但直至现在，仍没有人听过莲花开时发出的声响。这究竟是怎么一回事？

此处插入一段我的回忆。在大学毕业前，我有一段时间曾热衷于饮酒吟诗。我所就读的东京大学位于文京区，旁边有一个春日町。那位以"青蛙为主题的诗"（《春之歌》）闻名天下的草野心平，与他的夫人、弟子在此开了一间酒馆。当时，我每晚都会泡在那里。有一回，当人们饮酒归去后，大概正巧是凌晨三四点，我们谈论起了莲花开时有无声响这一问题。

有人提议："此处不是离不忍池很近吗？大家何不现在动身，一同去听听莲花开时的声响。"于是，大家叫车前往不忍池，自天色微亮之际便在一旁等待莲花开花。当然，我们这群人自带了酒水，一边饮酒，一边等待。但当我们回过神，便发现不知不觉间天已亮，莲花花蕾早已绽放，一朵朵占满了水面。

于是，便有人问："你听到莲花开时的声响了吗？"随后有人回道："莲花开时应发出了声响，只是我们没有注意罢了。"最终，众人也不知道花开时是否有过声响。

探访莲花

"短短水上两寸茎，莲花与水遥相望。"正如芜村的这句诗中描绘的那样，绽放的莲花常高于水面。但夏季常有雾霭，它如丝绸般覆盖了整片池水。莲花便宛若飘浮在朦胧的云端之上，悄然绽放。莲花花蕾形似交合的双手，即便花开之时发出声响也不稀奇。可是，没人听到花开的声音。为了探寻事情的真相，了解莲花开时是否会发出声音，我踏上了一次旅程。

但第一站该前往何处，应从何处下手？莲花虽处处可见，但要想养莲花并不容易，既需要准备一个巨大的莲钵，还要做好莲花的防害工作。因此，在赏莲名地，人们常在池水中养育莲花，并适时召集大家举办赏莲会。赏莲会在日本关西、近畿地区十分盛行，每年宇治、唐招提寺、大阪、冈山的后乐园、镰仓的鹤冈八幡宫等地皆会举办各式各样的赏莲会。

观赏何种莲花也是我思索的问题之一。莲花有许多种类，人们也各有所好。而且莲花极易杂交，种类越来越多。在某地人们认为白莲甚好，而在另一地，人们却认为红莲最佳。说起颜色，莲花不仅有红色、白色，好像还有青色。莲花大致可分为五类，随着花间的杂交，便产生了近百种颜色浓淡不一、花朵大小不一的品种。但一般来说，莲花多为白色、红色及浅红色。人们通常称之为四色莲花。莲花的起源与人类的起源一样古老，如今它早已遍及全世界。而在日本，提及莲花人们便会联想到神佛。若是真要探究莲花的起源，便要追溯到释迦牟尼诞生于印度之前。在古印度、古埃及、古希腊、中国，早在公元几千年前，就已流传着与莲花相关的传说和神话。

这些传说、神话，我之后会细细道来。在全世界的古老文化中，我苦苦探寻莲花开花之声，竟意外地发现答案就在日本。有一位名为大贺的男子，发现了一种与两千年前莲花相同的品种，人们便将其命名为大贺莲。我决心去大贺莲的栽培地看看。

该去哪儿找这种莲花呢？私以为，首先此地的莲花应未经杂交，仍保留着古时莲花之姿。我查找了许多资料，发现在新潟县的十日町市，有一处正符合我的要求，此地便是二屋弁天池。听说此处有闻名世界的大贺莲，且未与其他品种的莲花杂交。在人迹罕至的山间，寂静的池水里，一朵朵大贺莲在半间先生的悉心照料下茁壮成长。听说后，我便立刻动身前往。

大贺莲的由来

大贺莲这个名字，源自有莲花博士之称的大贺先生。在我询问了当地管理莲池的半间先生后得知，大贺一郎博士原本在研究大和的当麻曼陀罗[1]等日本古代布料，当时中国辽宁的普兰店出土了一批古莲子，大贺博

---

[1] 当麻曼陀罗：属于净土曼陀罗之绘卷，藏于日本镰仓光明寺。系描写奈良时代所制作当麻曼陀罗之因缘故事的绘图。

士对用这批种子培育 "中国古代莲花" 一事一直极有兴趣，并且出版了《话说莲花》（1954 年）一书，但我未曾读过该书。

1932 年，大贺博士在千叶县的滑川附近发现了一千两百年前的须惠器[1]，里面有一颗莲花种子。种子在他的培育下发了芽，但最终枯萎了。与此相同，1947 年，大贺博士在千叶县检见川对草炭层进行二次发掘之时，出土了约一千五百年前的独木舟及莲蓬。由此，大贺博士一行找到了方向。1951 年，当他在挖掘东大检见川农场之时，获得了众人的协助。最终，众人从泥炭层（草炭层）下方的泥土中相继发掘了三颗莲花种子。这些种子据推测约有两千年历史。

相传莲花的种子可以贮藏很久，大贺博士便开始做实验，他将这些种子埋入土壤之中，观察其是否能发芽。幸运的是，经过重重困难，三颗种子中的一颗开出了花朵。据说坊间对此事多有争议，因此我们暂且按下不表。

那么，大贺莲是如何与十日町市联系起来的呢？其实，此地从古至今便因制丝、纺织而闻名日本。在正仓院御物中有一些保存至今的布料，其中有一部分是日本各地进贡之物。若是探寻这些古老布料的来源，便会发现其中有十日町市，这在古书中也有记载。1953 年 8 月，大贺博士在收集资料之时，看见了三千年前的越后上布，为了调查正仓院御物中那些古老的纺织品及当麻曼陀罗的来源，他决定造访十日町市，也因此与十日町市结下了不解之缘。

关于采用了植物纤维的古老纺织品与莲是否有关系，我们并无明确的证据。但是，传说古时有用莲丝纺织而成的当麻曼陀罗，在《天寿国绣图》中出现了莲花图案，想必大贺博士定是找到了一些线索才决定造访此地。

---

[1]　须惠器：即古陶器。

为了研究古代布料而造访十日町市的大贺博士，在 1960 年 4 月又一次迎来了自己的生日，镇上的人们送了他一份生日礼物。作为回礼，他将大贺莲的幼苗带到了这座城镇。而这棵幼苗在 1962 年第一次绽放了花朵。在此之前，据说众人曾围绕大贺莲该种植在何处这一问题争论不休。后来，为了保护大贺莲的原种，预防杂交，众人一致认为人迹罕至的林间池塘最合适。于是便选中了二屋弁天池。相传当时大贺博士曾说"此处甚好"，便敲定了种植场所。

由此，我估算着开花时间，决定择日前往二屋弁天池。

莲花祭

话说回来，这次我一定要听到莲花开时的声响。而且，我也想见见两千年前的莲池是什么样子。怀揣着如此心绪，我换乘多种交通工具，终于在午后来到了弁天池。

此处的海拔虽有二三百米，却是在深山之中。池塘周围还有两个近百米宽的池塘，名为雄池、雌池。宽广的雄池就是祭祀弁天神用的弁天池，以山脊为界，旁边还形成了一个小小的雌池。这些池塘位于山间的小盆地内，周围环境甚好。虽位于山林深处，但若是到达此地，便会看见池面的三分之一都开满了莲花，它们似是环绕着那座巨大的弁天神像。周围鸟鸣之声不绝于耳，不见半个人影。然而，据带路的半间先生说，若不赶早便见不着莲花绽放之景。今天有点特殊，若是平常，到了下午莲花便蔫了。于是，次日早晨我再度前往此地。

莲花绽放之时大约是凌晨五点，爱睡懒觉的我只好把心一横，次日一早便出门。只见清晨的水面上依旧飘浮着雾霭，莲花花蕾在其中一一绽放。二十年后的某个夏季，当我得知这个时节十日町市会举行丰富多彩的活动，便火速前往参加观莲茶会。所谓观莲茶会，就是人们在池塘边的莲花深处铺上毛毯，一边观赏莲花一边开露天茶话会。因莲花有一米多高，当我们坐在伞下时是看不见莲花的，倒给人一种被莲花淹没了的感觉。

在赶赴观莲茶会之前，人们在一个巨大的岩石处集合，并喝了据说是源自中国的"象鼻酒"。莲叶上的水滴不停翻滚，汇集到莲叶的中心。莲叶的中心有孔。我曾听说莲叶根茎有两处孔洞，但我认为应有四处孔洞，整个根茎就如同一根吸管。人们在荷叶上斟入冷酒，一只手稍稍收紧荷叶边，另一只手将根茎的尾部放入口中。这种喝酒的姿态宛若扬起象鼻。当人们仰着头颅，像用吸管一般吸食起来，酒便会通过莲叶的根茎源源不断地流入口中。

当酒流过莲叶根茎之时，仿若融入了莲花的精华，祛除了腥味，还带着一股微香一丝甘甜，口感极佳，令人回味无穷。还有一种做法，就是将荷叶稍微捏塌些，把它当作酒杯来喝酒。人们喝茶时吃的点心以及菜肴也会使用莲叶或是船形的粉色莲花花瓣作为器皿，真可谓处处皆莲。

自古以来，在印度、中国、日本，人们皆有将莲入药的习惯，也常食用莲藕。莲花的花瓣、种子、莲叶、莲茎、根部，皆有止血、滋补身体之功效。饮过象鼻酒后，人们便感到飘飘欲仙，宛若置身云端。

虽然最终我们并没有听到莲花盛开时的声响，但池水上方的雾霭中传来阵阵若有若无的香气，而我们早已满身尽是莲花香。这种香气既浓也淡，这是因为莲花有非常浓厚且魅惑的味道，同时又给人以薄荷般的清爽感受。这种花香十分高雅、若有似无，令人一闻便知此乃莲花香。江户时代的诗句中，描写莲香的不在少数。

轻纱之下笼莲花，若有若无溢芬芳。　芜村
拂晓时分水面静，池中已是莲花香。　大鲁

《古事记》中的故事

在日本，自古早有关于莲花的记载。日本人自古以来便十分爱莲。除口口相传的《古事记》以及《万叶集》之类的诗歌外，在《源氏物语》《枕草子》中也有关于莲的记载。

在《古事记》中有一段令人惊奇的故事。雄略天皇与一名女子缔结婚约时说道："你不要出嫁。现在就来召唤。"后来，雄略天皇便忘了此事，但是引田部那位名为赤猪子的女子一直在盼望着他，恍然间已到八十多岁。赤猪子再也无法等待下去，便向雄略天皇递交了书信。雄略天皇想起了此事，但已无法与其结婚，只有吟诗一首抒发心中所感。

> 御诸山的神圣白梼树，白梼树的树下，神圣不可侵犯呀，白梼原的处女。[1]

这首诗歌满含对少女固守贞操的敬意，也许还暗含着对于巫女的忌惮之意。赤猪子感叹自己年华已逝，不禁泪流满面，遂吟诗二首。其中，在第二首诗歌中，她将自己的情感寄托在了莲花之中。

> 日下江的江湾里，长着开花的莲花，像莲花似的盛年的人，是很可羡慕呀！

大阪的日下町以前曾是入江口。直至今日，人们依旧认为在此处盛开

---

[1] 本书的《古事记》译文如无特殊说明均引用自周作人译本（上海：上海人民出版社，2015 年）。

的莲花便是"古代莲"。

天皇所吟的诗中有"白桦树",是因为竹子与白桦树象征着生命,它们常出现在古代的寿歌与歌会之中。为了与之呼应,女子歌颂了莲花,她认为莲花同样充满生命力,同时她还想借此表达自己如莲花般纯洁的情感。总之,此处一男一女各作一首诗歌,是典型的日本古代年轻男女在歌会上对歌的民间故事。

日本人的风情

除了这些传说与民间故事之外,在《万叶集》中也有四首歌颂莲花的和歌。数量并不算多,此处举其中一首和歌为例。

天武天皇的皇子新田部亲王来到奈良西京,在"胜间田池"旁观赏了莲花盛开之景。他感叹于景色之美,一回到宅邸便立马对小妾说:"水面波光粼粼,照着莲花光彩熠熠。而这般美景不就如汝之美貌,令人不禁心生怜爱之意。"(水影涛涛,莲花灼灼,可怜断肠,不可得言。)随后,这位才女便以和歌回之,望皇子莫要再打趣她。

胜间田池里,我知无莲花,犹言君无鬓,此言亦不差。[1](卷十六,3835)

这两首和歌的一唱一和之间暗藏着一个秘密,歌中出现的"莲"等同于"怜""恋"。透过它们可以追忆当时受中国六朝诗影响极深的日本宫廷文艺。

---

[1] 译文取自杨烈译本《万叶集》(长沙:湖南人民出版社,1984年)。

此外，还有一首和歌最能感受到日本人的风趣。

> 令人疑惑甚，天雨降来无，莲叶停留水，晶莹似玉珠。[1]（卷十六，3837）

希望能下雨，这样便能看见荷叶上凝聚的水珠。这首诗歌表达了作者想要赏景之心，也暗含着思念有情人之意。荷叶之上唯有清澈的水珠可以停留，但随着水珠的不断凝聚终将滑落。此景暗示人们要摒弃心中的执念与烦恼，常持平静之心。日本人的先祖定是透过这样的水珠，感受到了纯净生命散发出的光彩。

平安时代描绘下的莲

随着时代变迁、佛教的传播，莲在文艺以及工艺中开始具有某种重要的意义。在《源氏物语》中，出现以莲为例的句子共有十九处。其中第十四处与佛教圣典有关。之后会详细介绍，这里先简单说明一下，佛与菩萨常坐于莲花之上，故"莲上之愿"主要是指在极乐净土盛开的莲花宝座。此处再举一例。

> "但愿后世同生极乐净土，在同一莲花中亲睦共处。"说罢流下泪来，吟诗云：
> 誓愿他年莲座共，心悲今日泪分流。（《铃虫》）

---

[1] 译文取自杨烈译本《万叶集》（长沙：湖南人民出版社，1984 年）。

在这一卷中，围绕着秋好皇后等人出家之事，叙述了众人心中深藏的情感。这一卷极具佛教色彩。围绕此展开的具体研究就交由专家进行，但毋庸置疑的是在当时的宫廷中，佛教已自成一派，这也成为日本物哀思想的基调。对日本人而言，莲花尤为特殊，人们期盼着去世后也能与心爱的人儿共坐同一朵莲。

接下来举一个《枕草子》中的例子。前文讲鸢尾之时曾提及与草相关的描述，即《枕草子》（五五）。草虽多种多样，但是，"莲叶长得很可爱的样子"。正如《妙法莲华经》中使用"莲"字一般，莲花乃是佛祖的供品，莲子穿起来便是念珠，莲与念佛往生极乐之间缘分颇深。此外，在无花的初夏，碧绿的池水中盛开着朵朵红艳的荷花，颇有一番情趣。在某一首诗中，甚至使用了"翠翁红"一词，用以歌颂此般景色。

果然莲叶在众草中地位颇高。"莲与念佛往生极乐之间缘分颇深"，自那时开始，在日本人对极乐净土的想象中，莲占据着主要部分。

奈良二上山的山脚有当麻寺，在 12 世纪的《古今著闻集》《当麻曼陀罗缘起绘卷》等古书画中，便记载着一些与此寺的"当麻曼陀罗"有关的奇闻异事。而这些神话传说恰巧印证了莲在日本人心中的印象。观经变相图乃是日本三大净土曼陀罗之一，人们在缀锦之上描绘佛教经典，以此展现净土之妙。受此曼陀罗的影响，之后僧源信[1]在比睿山完成了《往生要集》的著作。而这，便是盛极一时的净土信仰的起源及发展。

这些神话传至天平宝字年间，便出现了有名的中将姬物语。大和国的横配大臣有一女，貌美如花，因其仰慕极乐净土便独自前往当麻寺。她想要亲眼见见如来佛的肉身，遂诚心发愿。于是一位尼姑出现在她面前并说道，若是准备好百担莲茎，便可拜见如来佛。于是她向朝廷求助，获得了

---

[1] 源信（942—1017）：平安时代的日本高僧。净土宗教祖之一。

大量的莲茎。

随后，只见尼姑从那些莲茎之中抽出一根根丝线，便是莲丝。这种操作十分困难，即便是现在，人们也仅能提取少量的莲丝。尼姑顺手挖了一口井，用涌出的泉水清洗一番过后，莲丝便成了五彩丝线。这时，另一位尼姑出现在众人眼前，用了一整晚的时间织出了长约一丈五尺的曼陀罗，随后便消失了。

从莲中抽取莲丝，织出描绘了净土光景的曼陀罗，女子便询问最早出现的尼姑究竟是怎么回事。尼姑答道："吾便是如来佛，随吾之后现身的乃是观音菩萨。故汝已见真身，吾织此曼陀罗赠汝，望留念。"如此这般，"当麻曼陀罗"乃是如来真身取莲丝所织之物，因此成为净土信仰的起源。

在镰仓时代末期至室町时代，这个传说被改编成为评书、讲经、民谣、读本、净琉璃[1]以及歌舞伎。即便到了江户时代，该传说依旧广为流传。关于莲丝的话题甚是有趣，我们甚至可以借此联想到芥川龙之介的名作《蜘蛛丝》。

在佛教中的含义

因上述原因，在日本人心中，莲花是乌托邦花朵的象征之一，是永不消逝的极乐净土之花。即便到现在，依旧如此。

例如，在奈良及京都的古寺，或者在日本的任何一间寺庙或是佛坛之上，佛祖的光圈及台座里皆有莲花。就连宇治平等院门上所绘的《天寿国绣帐》[2]中，也画有朵朵美丽的莲花。若是究其根本，便会发现其中隐藏

---

[1] 净琉璃：日本传统艺能，以说话为主、三味线伴奏的曲艺。

[2] 天寿国绣帐：日本古物，又称天寿国曼陀罗。日本此类遗品中之最古者。

着由古印度传至日本的文化脉络。

此外，大乘佛教宣扬众生皆可成佛，而《法华经》作为大乘佛经在全世界广为流传。《法华经》便是《妙法莲华经》。通常，日本人念作"南无妙法莲华经"[1]：南无即皈依，妙即深奥之物，花中果中皆有佛法真相，莲华即莲花，简言之便是莲本身。南无妙法莲华经便是莲华经书。

再详细点说，《法华经》分为二十八章，前十四章讲述的是花及现实的表象，后十四章讲述的是果，世界的真相。在经书中，花与果相对应，而莲花的姿态既可见其花亦可见其果，或许是因此才以莲花为喻。

与印度佛教一同经由中国传入日本的，还有对于莲花的印象，因过于丰富及细致，无法一言概括。倒不如试着在日常生活中探寻自我。

寄情于莲的渊源

那么，自古以来人们寄托在莲花身上那深深的情感到底源自何方？

我认为可以概括为三点。其一，莲出淤泥而不染，开出的花朵圣洁无瑕；其二，莲叶会将水珠弹落，而不会将其囚禁，这两点都极具象征性；其三，莲无论是根部还是种子，都具有很强的繁殖力和旺盛的生命力，故莲既可以象征男性亦可象征女性。

那么，我们寄托在莲上的情感究竟是通过何种方式流传至今的？前面我们已提到了有关世界的话题，日本佛教经由中国佛教传入，而它起源自印度。印度河文明中的地母神像一般头戴莲花，而这一形象与《梨俱吠陀》[2] 中的神话息息相关。在描绘了创造宇宙及世间万物的神话故事《马

---

[1]　南无妙法莲华经：佛教术语，乃日本日莲宗唱妙法莲华经之题号，即皈依《法华经》之意。
[2]　《梨俱吠陀》：全名《梨俱吠陀本集》，《吠陀》中最重要的一部作品，是印度最古老的一部诗歌集。

哈巴拉塔》《薄伽梵歌》中，毗湿奴站立在海面的龟背上，他的肚脐向外伸展长出了莲花，随后便诞生了印度三大神之一——梵天，这个世界也被创造了出来。

此外，在古希腊及古代东方，也有许多运用了莲花造型的建筑，如今依旧可见。相传在古希腊，莲花原本被人们视作一种神秘的麻药。而在埃及，太阳神荷鲁斯便生自莲花，有一种说法称此处的莲花乃是睡莲。然而，我曾造访埃及的神殿遗址，亲眼看见巨大的柱子上有莲花花蕾造型装饰，不禁感叹此建筑之壮观。

莲乃是宇宙秩序的根源。莲既可由根而生，亦可由种而生，它具有极强的生命力，其首次孕育的花蕾，是开天辟地的象征。此外，淤泥之中盛开的花朵纯洁又美丽，覆盖着细腻如天鹅绒般茸毛的荷叶不被露水侵袭，莲将此二物融合，为我们展现了一个理想的世界。这就是莲神圣的奥秘。特别是在日本，莲与露常同时出现，美与短暂的纯洁融为一体。随后，莲又与莲华净土宗中的重生祈愿关联起来，许是因此，人们对于莲的情感也变得一发不可收拾，愈发深情起来。

九月

萩

秋天的各种花

不管怎么说，秋季与春季相同，是花儿绽放最多的季节。无论是前往山间或是眺望庭院，满眼皆是知名、不知名的花草。仰望天空，感觉阳光都变得苍白了许多，甚至连天空也变了颜色。这时，便会深切地感受到已是秋日。

年轻时，我常常把法国诗人阿蒂尔·兰波的散文诗《永别》中的一句挂在嘴边。

> 已经是深秋！——何必惋惜永恒的阳光，既然我们立誓要找到神圣之光——远远离开那死于季节嬗替的人。[1]

不知为何，自小我便觉得在寂静的深秋里，暗藏着一个闪着银光的宝物。

然而九月一至，我家的庭院便被秋季的花儿团团围住。听上去此情此景甚是不错，然而事实是我淹没于草丛中，独自一人眺望着东京的天空。这时，心中便会浮现出另一句兰波的诗：

> 季节呵，城堡呵，什么样的灵魂没有缺陷？

我的母亲在 20 世纪 90 年代便已离世，她留下了一些花花草草，因我不擅莳花弄草，它们基本上都消失了，仅有几株如野草般零星地盛开着。可以说我糟蹋了母亲视若珍宝之物。我回想不起任何与秋草有关的记忆。

---

[1] 此处用王道乾译本。

生活中的七草

如今的人们能想到众多秋季的花，而在古代，人们也巧妙地列举了七种花草，并称为秋季七草。从开花的姿态及投入的情感程度来看，我认为萩当列首位，毕竟仅在《万叶集》中便有一百四十余首诗歌提到了萩。令人惊讶的是，萩在日本人的生活中究竟有着怎样的意义，从而成为七草之一？

在谈论萩之前，不妨一同了解一下秋季七草。早在《万叶集》中便已收入了山上忆良的咏七草之作。

山上臣忆良咏秋野花歌两首 [1]

秋野花开盛，红黄彩色夸，折来屈指数，七种共鲜花。（卷八，1537）

秋花与尾花，石竹葛花加，藤袴朝颜外，女郎花不差。（卷八，1538）

此诗歌中的七种花便是"七草"。作者所作的两首和歌宛如问答一般，形成了一个整体，而这种形式据说在短歌及旋头歌中极其少见。萩花、尾花、石竹、葛花、藤袴、女郎花，以上这六种花儿我们都知道其模样，但是诗歌中居然还出现了朝颜。朝颜即牵牛花，在人们的印象里是属于夏季的花朵，故自古以来人们对于此诗中出现朝颜争议不断。或许是因为古时的朝颜与如今的朝颜并不是同一种花。有一种说法，古时的朝颜可能就是木槿。木槿原产自印度、中国。我虽然查遍了各类文献，遗憾的是只知道

---

[1] 译文取自杨烈译本《万叶集》（长沙：湖南人民出版社，1984年）。

古时候的朝颜可能与如今的桔梗极为相似。桔梗是典型的秋季之花，我不禁想起京都鹰峰的料亭，其庭院一边满是桔梗，赏之令人心神荡漾。此外，若是扩大些范围来说，秋季之花或许泛指各种各样盛开的花。

葛花是豆科植物野葛的花朵。日本人通过一种名为吉野葛的葛粉，方才知道其存在。该植物如藤蔓般不断向四周蔓延，枝干上长着小小的花朵。在日语中，因"背面"与"怨恨"发音相同，故看见叶子背面常会联想到怨恨。但葛叶在秋风中摇曳时舒展背面的样子却楚楚可怜，深受人们喜爱。

万叶诗人所寄托的情感

接下来，我们说回萩，日本人对萩的印象颇深，也有不少咏萩的诗歌。大约二十年前，我在富士山的山脚买了一座小屋。与这片荒野作斗争，于我而言是种植盆栽的另一个开端。每到夏日，庭院的样貌便会发生翻天覆地的变化。当我终于得闲之时，便发现不知从何时开始，门口生长着野生山萩。而我在世田谷的住宅，不知何时起，玄关的竹林旁也生长着萩。萩就是这样给人以亲近之感。

或许因为这样，即便在《万叶集》中有这么多咏萩的作品，我们都能欣然接受。之前也已提及，《万叶集》中咏萩的作品达到一百四十余首，从数量上来说是咏花之中最多的。第二名是咏梅。补充一点，自万叶时期开始，咏樱之作虽不多，但对日本人来说，"花"被默认为指的是樱花，它是日本人吟诗作赋的中心。

所以，人们也许很难理解为何咏萩的作品是最多的，这大概是因为万叶诗人所作的诗歌中，咏秋之作数量最多罢了。

一提到秋日，我们的心情便会不由得悲伤起来，看着万物衰竭、枯叶随风飘落，感受秋日的寂寞。然而，当我探寻一番咏萩的作品之后便渐渐明白，这些诗歌之中居然有许多作品满含着万叶诗人浓烈的爱慕之意。

这里大致举一两个例子。

> 雄鹿来吾岳，长鸣问好花，花妻真正好，雄鹿亦矜夸。[1]（卷八，
> 1541）

这首和歌乃大伴旅人所作，它讲述的是鹿与萩之间的往来。除花妻外，萩还有另外一个别称叫鹿鸣草。时至今日，奈良的兴福寺附近依旧有小鹿在玩耍。这首和歌令人忆起奈良盆地之景，小鹿来到家附近的山丘上，确是奈良独有的景色。这首和歌中的鹿专指雄鹿。即便现在，在秋季前往奈良公园，也可看见雄鹿似是等不及萩花开一般，通过发出尖锐的叫声来求偶。接受鹿鸣的虽是雌鹿，但萩花也欣然接受了雄鹿的爱慕之情。萩花也就成为传递爱慕之情的载体。

读完这首和歌，我心中不禁浮现出一幅画卷，雄鹿长鸣，而萩花似是回应雄鹿一般随风摇曳。由此可见，这首和歌充满情趣，且深藏着美妙的印象风光。

接下来再列举几首大伴家持所作的和歌。

> 秋野秋花开，秋风阵阵来，秋花随处靡，秋露降临哉。（卷八，
> 1597）
>
> 朝野雄鹿至，旷野望秋花，白露花中见，当成白玉夸。（卷八，
> 1598）
>
> 雄鹿胸冲落，抑花过盛时，秋花今散落，原故两难知。（卷八，

---

[1]　译文取自杨烈译本《万叶集》（长沙：湖南人民出版社，1984年）。下三首同。

　　　　　　　四月樱，九月萩：花的日本美学探源

1599）

这三首和歌中含有众多意境，但概括而言描述的是同一场景。雄鹿高抬鹿角，发出求偶的叫声，穿过盛开的萩花群。这里的"胸冲落"指的是雄鹿用胸部将盛开的萩花分开，开辟出自己前进的道路。萩花虽终将片片飘散，但此时正是其盛开之际。萩极具妖娆之情，而雄鹿又充满雄性阳刚之气。再加上早晨露水打湿了萩花，甚是美妙。万叶诗人们便是借此情此景来展现秋季以及秋季的代表——萩的形象。这些和歌展现了万叶诗人们寄情于花之意，内含深意。

物哀之情

除了《万叶集》，我还有许多想要介绍给各位的书籍。在《古今和歌集》《新古今和歌集》中也有许多咏萩的和歌，这点毋庸置疑。

如果说是探寻日本文化未免有些夸大其词，不妨说可以借此探寻日本人的情感，在和歌以及平安时代的故事之中满是"物哀"之情。"哀"虽有哀伤之意，但此处的"物"指的是眼睛所看不见的精灵，"哀"指的是深深的感动。据山本健吉先生所言，"物哀"之中包含着男女在内的世间万物，是人们对于自然精灵炽热的爱所汇集形成的巨大主流意识。追溯以往，不难发现《万叶集》中出现的和歌皆是浓烈的爱之歌，其中也常含人们对于花儿的热爱之情。

这种物哀之情在《万叶集》《古今和歌集》中皆有所体现。而《源氏物语》深受《古今和歌集》的影响，故其中也有十一处提及了萩，五处提及了小萩。

例如"桐壶"一章中便写道：

秋风起兮露华深，宫城野外多幼萩，安得稚儿兮慰朕心。[1]

"宫城野"指的是皇宫，"露华"指眼泪，"幼萩"指年幼的皇子。在天皇写给桐壶更衣母亲的信中，满含着对桐壶及其皇子的深深爱意，想必桐壶更衣的母亲定是感受到了。

《源氏物语》中出现的这首和歌恰恰改编自《古今和歌集》（恋歌四，694）中的一首和歌。

萩叶不胜霜露繁，殷殷待风相吹散，我待与君见。[2]

此外，在"横笛"一章中还出现了一个词语——萩宴，当时人们会举办专门赏萩的宴会。然而如今萩宴已不复存在。据记载，《续日本行》一书中提到了承和元年（834年）八月，仁明天皇于清凉殿举办了萩宴。此外，承和十一年（844年）八月，仁明天皇召集众人于紫宸殿再次举办了萩宴。

清少纳言的感触

与《源氏物语》齐名的著作《枕草子》中也提到了萩。话说回来，清少纳言本就是爱花之人，她的观察自然极其敏锐。她并非靠单一地罗列数据，而是通过捕捉自我的感觉，写下了这些精妙绝伦的随笔。

她在这部作品中加入"时间"的观念，十分擅长捕捉某一瞬间。我认为那些以花为题写随笔的作者中，没有比她还厉害的人物了。

---

[1] 译文取自林文月译本《源氏物语》（南京：译林出版社，2011年）。

[2] 本书的《古今和歌集》译文如无特殊说明均引用自王向远译本（上海：上海译文出版社，2018年）。

《枕草子》五八："草花是，瞿麦，中国的石竹更不必说了，就是日本的瞿麦，也是很好的。"这句话的后几行写道：

> 胡枝子[1]的花色很浓，树枝很柔软的开着花，为朝露所湿，摇摇摆摆的向着四边伸张，又向着地面爬着，那是很好玩的。尤其是取出雄鹿来，叫它和这花特别有关系，也是很有意思的。

据说萩花有两种颜色，即白色、淡红色，《枕草子》中的这段话用了"花色很浓"来形容萩花，故此处的萩花应是红色的。"为朝露所湿，摇摇摆摆的向着四边伸张，又向着地面爬着"，这半句描述十分真实，又充满情趣，作者很好地抓住了萩花的魅力。通读这段描述，我的脑内便会浮现出这样一位女子：她娇弱异常，却又充满朝气，柔软的腰肢中似乎暗藏着强大的韧劲及娇媚。

——五里也描写得十分精彩。作者在段首写道：

> 九月里的时节，下了一夜的雨，到早上停止了，朝阳很明亮的照着，庭前种着的菊花上的露水，将要滚下来似的全都湿透了，这觉得是很有意思的。

在这句后几行有这样一番描述：

> 稍为太阳上来一点的时候，胡枝子本来压得似乎很重的，现在露水落下去了，树枝一动，并没有人手去触动它，却往上边跳了上去。

---

[1] 胡枝子：即萩花的别称。

这在我说来实在很是好玩。(后略)

"树枝一动，并没有人手去触动它，却往上边跳了上去"，这句描写的是枝干突然弹动的样子。此种现象的产生并非萩花一物可为之。清晨，雨后的露水滞留在枝叶上。沾满露水的枝叶因其重量压弯了腰。萩花上的露水里闪耀着日月之光，恍然间枝叶弹动，它又恢复到了最初盛开的模样。简言之，这几个部分主要写了"萩与露水""萩与雨滴""萩与雄鹿的鸣叫"。

这三种组合共同构建了一个梦幻的空间。在作者的眼中，萩花并非小配角，它就像是舞台剧中的主人公，演绎着它与自然之间的爱恋。

有关秋季轻井泽的回忆

虽说此章的主角是萩，但每到秋季，我总会想起高原之上一片随风摇曳的芒草穗，它与萩的形象重叠在一起，深深印在了我的脑海中。狗尾花，即芒草，是秋季特有的风景，在我们的潜意识里，总会将其归于花。在各种花儿即将结束花期渐渐凋零之时，芒草穗依然挺立，泛着金黄的色泽。进入深秋之后，芒草穗也随之变装，裹上了银色的大衣。它之所以被人们叫作狗尾花，正是因为其酷似狗、狐狸等动物的尾巴。

此外，人们看见芒草便会联想起狡猾的狐狸，在我看来这点也为此草增添了一丝神秘。一提到芒草，脑海中便会浮现出高原上随风摇曳的芒草丛。

在学生时代，我曾为了探访学长、文学家福永武彦，独自前往轻井泽旁一个叫追分的地方，并留宿了几日。在那里，旧路与新路之间长满了芒草。因为轻井泽的季节交替早于东京，所以当我在夏末造访此地时，便发现已经没有前来避暑的游客了。在失去喧嚣、寂静又凛冽的原野里，早已换上银装的芒草静静开放着。轻井泽出了许多名人，如室生犀星、中村真

四月樱，九月萩：花的日本美学探源

一郎以及人人都知道的堀辰雄。故造访此地，我甚感亲切。此外，此地也出过诗人，例如早已离世的立原道造。我很喜欢立原的诗，那些诗句虽不至于倒背如流，但也常常挂于嘴边。

　　梦，总是归去……风儿吹拂着金钱草……(《为了日后的纪念》)

　　在残酷的战争年代，那些不为世人所知、满腹西学的前辈虽屡遭挫折，却不畏严寒、顽强生存，就如这芒草，看似枯萎但暗藏玄机，待来年春季又将迸发勃勃的生机。在欧洲也有表达近似意境的诗句。保尔·瓦雷里有一句诗：

　　起风了！……只有试着活下去一条路！[1]
　　（Le vent se lève, il faut tenter de vivre！）

　　而这句诗，被堀辰雄用来当作他的中篇小说《起风了》的书名。
　　这些诗句中所展现的风景，令我不禁联想起和辻哲郎所描写的奈良风光。在奈良，白毫寺附近地势略高，若是站在此处俯瞰整个奈良盆地，便会看见一片片银色的芒草丛，在微风的吹拂下宛若海浪，十分壮观。傍晚时分，当我们乘坐火车踏上由奈良至京都的归途时，会看见西边的二上山后缓缓降落的夕阳。从电车的窗外望去，一片白色的芒草穗，一直延伸到了二上山的山脚。而收藏着莲丝曼陀罗的当麻寺便位于此处。往后的日子里，我曾多次回想起当初往来奈良盆地时的风景。想必《万叶集》中定有几首在此处创作的和歌吧。在我的潜意识里，之所以会将萩与狗尾花重叠

———————————

[1]　选自《海滨墓园》，卞之琳译。

在一起，或许是因为夏目漱石的一句俳句：

乘兴而来欲赏萩，却见芒草已遍野。

在江户时代，则有歌泽。歌泽是江户时代烟花柳巷中传唱的艳曲的统称。

露水言已与狗尾花同寝，狗尾花言未与露水共眠。

在这首歌曲中，并未明示性别，因此我们不知这露水与狗尾花谁为男谁为女。正如之前我所列举的那些和歌中的内容一般，狗尾花因着露水的重量压弯了腰。露水与狗尾花之间关系微妙，到底是谁诱惑了谁，又有着怎样一段故事？露水坠落之后，狗尾花是否会一如从前般突然昂起高傲的头颅？想必江户时代的诗人们便乐于通过吟诗作曲来表达人心之微妙。

在"鸢尾"一章中，我们提到了潮来当地的小曲，也谈到了一句歌词："吾乃河床上一棵枯萎的狗尾花。"这句歌词不仅表达了作者渺茫的情绪，也刻画了狗尾花强韧且旺盛的生命力。

暗藏生机

此处我们将话题略微延伸一下，来谈谈萩与红叶的共通之美。大约四十年前，我曾思考过"红叶美学"的问题。在日本，人们常提及侘寂、幽玄二词。例如说到秋季，红叶在人们眼中就代表着衰退、消亡之意。然而，《万叶集》中有关红叶的和歌里也不乏传达爱慕、思妻之意的作品，而且此类作品的内容多与肉欲有关。萩也是如此，正如前面所提到的那样，

《万叶集》中也有几首和歌描绘了雄鹿鸣叫求爱之景。

这究竟是何缘故？莫不是因为这恰恰是萩魅力之所在？萩因无法承受露水的重量，便俯下了躯干、弯下了腰。萩花也凋零散落，大地上凌乱地落满了萩花花瓣。即便萩已成这般样貌，它那柔韧的特性却突然化为一股力量，令其再次昂起了头颅。弱中带强，柔中带刚，这正是女性的形象。

相传古时的日本人曾将萩写作"生芽"，即发芽之意。而这"生芽"指的是老枝间生长出的新芽，即便人们从根部将其折断、砍断，它依旧会生长出数个新芽。由此可见其生命力之顽强。因该草会生出新芽，故日本人用"生芽"二字作为其名称，其日语读音与"萩"相同。而"萩"这一汉字是之后才出现的。

"萩"的名中暗藏着一首赞歌，一首赞颂了生死轮回之力的赞歌。而这暗藏的生机不正是情色吗？

萩花柔中带刚，许是因此才令那些雄鹿情不自禁地向其靠拢。在日本，有不少描绘雄鹿傍萩之景的画作及诗歌。

但在花牌之中，常与萩一同出现的并非鹿，而是猪。因猪总是充满活力，故人们常将其看作男性的象征。就连花牌这一流行于民间的娱乐项目，也少不了萩的身影。虽说在当时花牌已是平民的娱乐项目，但最初它可是遥不可之物。扑克牌自荷兰传入日本后，逐渐被本土化，原封不动地融入了《古今和歌集》《源氏物语》中的内容，形成了如今的花牌，因此其中才有了萩的身影。

有关萩的种种描写

在江户时代，萩乃是小调、俳句的"常客"。松尾芭蕉自是不必说，连芜村也创作了几首与之有关的俳句。这里先看一首松尾芭蕉所作的俳句：

夜宿旅店妓为邻，秋月朗照胡枝子。

　　在我看来，这是一首很有意思的俳句。在《奥州小道》中，松尾芭蕉摒弃杂念，全身心投入到俳句创作中，为此他踏上了一次艰辛的旅途。"秋月朗照胡枝子"这半句主要描绘了这样一个场景：月光透过缝隙洒在破败的小屋之内，野生萩花丛在月光的照耀下绽放着光华。当回过神来，发现游女也在屋内。而这番场景极其自然，宛若一幅自然风光画。虽然这首俳句看上去极具风情，但其实这幅"自然风光画"中满含着人生的繁忙与哀愁，犹如一部戏剧。

　　在《源氏物语绘卷》中，出现了芒草的身影，同时也画着萩花。此外，在其他绘卷中亦可见萩。例如，《鸟兽戏画》的背景里画着许多萩。又如，西行所作的绘卷里画着几株巨大的萩，弯弯的枝叶上满是盛开的花朵。可见当时的人们是多么喜爱萩。

　　我们不妨顺着文章的这一脉络往下说，谈谈美术及工艺领域里萩的身影。在桃山时代至江户时代初期、中期，人们复兴了王朝文化。俵屋宗达、本阿弥光悦、尾形光琳等琳派画家便生活在这一时期。他们所描绘的有关四季花草的图画中便有许多画着萩。在江户末期，酒井抱一创作出了用于和服的萩花纹。我虽不解风情，却也觉得这萩花纹甚是精妙。

　　由此可知，萩乃是不可或缺的设计要素之一。此外，还有一种名品中也有萩的身影，这便是高台寺莳绘工艺品。由此可见，萩早已遍布我们的生活、文化。

萩的万种风情

　　萩就存在于我们身边，有许多人歌颂它，也有许多人描绘它。这也说明了萩的魅力之深，但愿人们能永远保留这份对萩的喜爱。

我最近在读一篇随笔，准确来说是一本随笔集，名为《番茶果子》，幸田文先生所作。其中，有一篇随笔题为"雨中萩"。在庭院大门至房屋玄关的这段路上，有一条由垫脚石铺成的小道。在秋季连绵阴雨中，小道旁种植的萩纷纷弯下了腰，将小道遮得严严实实。这时，一位身着和服、气质优雅的中年女性欲造访此家，她该怎样在不破坏萩的前提下到达房屋的玄关？这位女士睁大了自己如蛇般的小眼睛，滴溜儿直转。思索过后，最终决定一边按压萩丛使之复原，一边静静地踏着垫脚石一步步走向玄关。这番景象中的女性宛若步步生萩。被雨水打湿趴在地上的萩、蛇般的小眼睛、行走姿态之美是这篇随笔的灵魂。幸田文先生的父亲幸田露伴在读过这篇随笔后评价道："想必万种风情指的便是这一场景吧。"依我之见，很早之前日本人就已产生了喜萩之情。

　　秋露袭萩挂满身，执意不散枝定折。　　幸田露伴

秋季之花当数萩，万种风情显魅力，极致诱惑动人心。

十月

菊

重阳节

人们一提到秋季便会想起菊花。然而，十月上旬离菊花的花期还有一段时间。以日本为例，十月上旬有不少地区菊花的花期未至。虽说如此，农历九月九日可是重阳节，一年之中唯有本月不可无菊。

柔弱的野菊在日本很常见，但据说园艺种植中那些美丽的菊花都源自中国。此外，重阳节这一习俗也源自中国，且在当时属于贵族文化。重阳亦可称为重九，是日本的传统五大节之一。因该节日定于农历九月九日，九字重叠，故有此别名。换言之，对人们来说，"九"这个数字有着某种意义。相信各位都知道，在中国，盛行易经、阴阳五行之说，此说认为阴阳乃是世界产生及运作之本。在易经与阴阳五行之说中，九乃阳数，是充满男性阳刚之气的数字。

一至九中，最大的奇数便是九。此外，奇数一、三、五之和等于九。因此，九在当时很是特别，被人们认为具有某种象征性。而人们把九月九日，这一拥有两个特殊数字的日子定为重阳节，可见这一节气在当时是多么重要。要知道，节气象征了宇宙运行之规律。当人们探究宇宙与人生的真谛之时，便决定把这一独一无二的日子定为重阳节、菊花节。

在中国，重阳节这一天有登高即攀爬山丘的习俗。但在日本，皇宫之中自古以来会在这一天举办赏菊宴。据《续日本行》记载，天武天皇十四年（685年）举办了日本最早的赏菊宴，天平宝字二年（758年）皇家下令将重阳节与端午节视为同等重要，并批准每年举办宴会。自嵯峨天皇弘仁时代以来，在重阳节这一天，天皇都会在神泉苑举办赏菊宴，召集文人墨客吟诗作对。天长八年（831年），淳和天皇定于紫宸殿举行重阳节仪式并沿袭至今，而这一天被人们称作九日节。以上便是中国文化传入后慢慢本土化的过程。

不过，在日本的《古事记》《日本书纪》《万叶集》中，居然很少见到菊花的身影。有人认为菊花在日本普及是在奈良时代，可据说当时人们仅仅是通过中国传入的绘画及诗歌来了解有关菊的故事，直到平安时代，宫廷贵族的生活中才有了重阳节宴会这样的盛典。据《国史大辞典》等书籍记载，在这一天，人们为了驱邪，会在杯中倒入美酒并放入几片菊花瓣，细细饮之。酒沾染了菊花的香气，令饮酒之人飘飘欲仙。此外，在后宫中会举办菊棉仪式。在节日的前一天，后宫中人会将棉花盖在菊花之上吸收露水。当棉花吸满了露水后，人们便会用其清洁脸部及身体。在节日当天，人们会制作茱萸香囊挂在柱子上。

造访武生，探寻菊人偶

因为《万叶集》中没有一首咏菊的和歌，所以这次我们换个话题，谈谈有关早秋的菊人偶。当我得知有地方在举办以菊花为主题的活动时，便立马出发前往该地探访。

据说很久之前，菊人偶以大阪、江户为中心，风靡日本各地。而阳历十月初，菊花花期尚早，为此人们煞费苦心、悉心培育，终于在某地培育出了能在此时节盛开的菊花，而这个"某地"便是位于福井县的武生市。从前，日本有一处叫越国的地方，此地也就是如今汇集了多种文化的越前地区。越前是正仓院书籍用纸的原产地，自南北朝时期开始便因铸剑而闻名。

但此次我造访此处的目的是"武生菊人偶"庆典。该活动今年应当是第四十九届了。想必在江户时期便已有了此活动，但因战乱中断过，战后再次复兴起来。如今"武生菊人偶"庆典早已闻名全日本，每年此处都会举办十分精彩的菊人偶活动。菊人偶的舞台离不开戏剧元素。当我询问这次庆典的主题时，被告知是《葵：德川三代》。据说每年的活动都会将当年日本 NHK 电视台播出的"大河剧"[1] 定为主题。想必在江户时代人们也是以当时大热的歌舞伎剧目为题吧，想到这里我不禁莞尔。

菊人偶的脸部与普通人偶一样，但它的服装皆用菊花制作完成。据说在武生，一个月的会期里有近十万游客造访此地。我造访此地是在十月十五、十六日，而十月十六日恰巧是农历九月九，即重阳节。虽是偶然，但我于这一天观赏了菊人偶并以此来庆祝重阳节，我感受到这之间存在着某种缘分并为之欣喜。

进入会场后，首先映入眼帘的便是矗立在门口、以《源氏物语》为主题的菊人偶。虽然这一菊人偶与本次的主题"德川"毫无关系，但紫式部的父亲曾在武生任职，紫式部也曾在此居住过一段时间。紫式部所著的《源氏物语》中，"铃虫"这一章的故事背景——法帖之缘，便源自她的那段经历。紫式部当真是武生的骄傲，在武生市内还设有紫式部公园，每年五月三日，人们聚集于此，举办"紫式部与藤祭"，通过举行雅乐、野外茶会、和歌会等活动来追忆紫式部。所以会场出现以此为题的菊人偶也不稀奇。

回归正题，自会场正门进入后，我环顾了一圈右侧的菊花展示棚。那不可方物之美使我震撼不已。整个展示棚内满是直径约三十厘米的美菊。有的是一根花茎上开着一朵花儿，有的是一根花茎上开着数朵花儿。三五盛开的花朵错落有致，宛若工艺品。人们根据花朵的颜色、形状、趣味性将其分类并陈列在此。据说，此处陈列的菊花有八千盆。一米多高的菊花一丝不乱、分毫未损地伫立在花盆中，能看见如此之多的菊花聚集于此，真似奇迹。

---

[1] 大河剧：指长篇历史电视连续剧。

在经过这些美丽的菊花之后，便进入了一幢建筑，门口有一名牌写着菊人偶馆"葵 德川三代"。剧场的舞台设计成依次排开的样式，展示了"德川三代"的八个场景。"秀吉与家康""关原之战""大阪夏之阵""家光与春日局"等八个场景使用了多个比实物略大的菊人偶来展现，看上去十分绚丽。可以说，此处正是一个由人们一手创造的知名人偶戏剧舞台。提及菊花展，最常见的就是如瀑布一般下垂的菊花吊盆。但像这次展会般如此大规模、如此美丽的舞台，我还是初次见到。从会场出来之后，我心中的惊讶与难以言喻的感动之情仍久久不能平息。

这类展览会在其他地方是否也有呢，在江户时代的大阪与东京，"菊人偶"庆典曾风靡一时，但如今除武生之外，仅有大阪的枚方、会津·二本松、爱知县的刘谷等地还保留着举办"菊人偶"庆典的习俗。对此，我甚感可惜。

制作菊人偶

在我来到菊人偶庆典场地之时，恰巧有人在给人偶更换服装。定睛一看，一位手艺人正在褪去人偶的衣裳。我有幸与其攀谈一二，于是这位年长且略显沉闷的手艺人一边追忆着过往，一边断断续续地回复我。

在为期两个月的展会上，手艺人必须一直保持菊人偶的形象不发生改变。但是，菊花是带根的植物，一般七天至十天左右便会枯萎。所以，需要有人中途给菊人偶换衣裳。

首先，会有人设计整体舞台并画好草图。然后根据这一草图，由道具师负责整体舞台的搭建，由人称菊师的专业手艺人负责制作主人公——菊人偶。如今很少有人选择从事菊师这一职业，故菊师的领头人会从刘谷等地召集数名弟子，往返于四个展览地之间。虽说菊人偶的原材料是菊花，但是人偶的头、颈部、手是交由专业的人偶师制作的。在古时，人们使用的是木制材料，做出的人偶只用一次就无法再次使用。当时的人们喜欢请大阪的人偶师前来制作。人偶师用稻草卷着竹篾条制作出一个中空的身体。据说，制作一个人偶的头、颈部和手，需要三名菊师使用四千根竹篾条编成的长约两米的卷蔓，耗费约一个月的时间方可完成。

一个菊人偶所使用菊花的数量约为三十五六株。菊人偶的和服裙裤部分一般是一片绿色，故制作时会使用一种被称为"贝塚伊吹"的灌木。最重要的是，菊师要根据人偶的表情及戏剧的内容给服装搭配颜色合适的菊花，而这正是考验菊师技术之处。

为此，菊师需要做大量的准备。菊花的颜色有十二三种，为了在菊人偶中使用这些颜色，人们悉心培育出了用于制作菊人偶的小型菊。即便在菊人偶十分盛行的当地，人们也仅选择特定的三家种植户，拜托其培育三万株的人偶菊。每株菊花都很大，植株的直径相当于一个成年人环抱双手。若是去田间地头看看便会发现，此处如同茶园一般，每一列种着一千株菊。菊人偶用的菊花种类共有三十种，据说花梗柔韧是它们的特点。这些菊花的生长高度都必须控制在四十五厘米左右。每年五月二十日，种植户便会插入花苗令其生长。在花朵长成后，用水苔包裹其根部插入空壳内，然后三两成束运往会场。然后，菊师会将这些菊花编入灯芯草内，以此打造人偶的衣裳。其中最费功夫之处是如何突显领口、袖口及肩部。花开之后人偶会变大，这也是制作菊人偶的关键所在。采用生长中的鲜花来制作"演员"，这便是日本的传统技艺——精湛的江户园艺及戏剧的结合体。如此一想，我惊叹不已。

然而，有一点十分令人担心，便是菊师至今后继无人。但其实我们也不必悲观，因为无人可知往后会出现什么样的人物。

我曾向菊师提出一个问题："叨扰一下，请问一个菊人偶穿戴完成大约要花费多少钱？"一位年长的菊师微笑着回答道："其实，价格也就相当于给自己女儿买了一件衣服。"

江户时代的菊人偶

这次，我专门拜访了制作武生菊人偶的手艺人。之后心中便出现了一个疑问，菊人偶到底源自何时何地？想必大部分人都不甚了解。在江户园艺界有一位"植梅"的后代浅井正夫，著有一部《团子坂的菊人偶》，我有幸拜读了此书。

这位浅井正夫是浅井长政的后代，植木业的先驱"植梅"——浅井梅治郎的第五代继承人。浅井一家自浅井梅治郎开始便从事植木业，浅井梅治郎大约生于文政四年（1821年）。在那个年代，整个江户包括第三代德川将军在内，皆爱绿植。江户城内甚至还有一处"御花田"。在第四代德川将军之后，一种称作"花合"的纸牌戏在城镇居民间流行起来，到了江户中期又出现了名为"菊合"的纸牌戏，两种纸牌戏常一较高低。

菊人偶源自文化六年（1809年），当时在江户麻布狸穴，菊人偶首次作为展品出现在了世人的眼前。文化末期，位于巢鸭、染井植木屋的工匠们开始制作菊人偶，于是该产业兴旺起来。据说，在当时仅巢鸭一地就有五十家植木屋从事该业，此外在驹人、根岸、谷中等地也开始盛行起来，前来观赏的游客需要住上两三日方能观赏完毕。

随后，菊人偶便轰动了全日本，其中最负盛名的是团子坂的菊人偶。当时，团子坂周边聚集了九十家植木屋，甚至还有烟花巷。安政三年（1856年），菊人偶展的中心转移到了团子坂。在此处，盛开的菊花、鹤、孔雀、凤凰、帆船、富士山等各种造型的菊花，以及当红演员饰演的狂言场景一字排开，从坡上到坡下全是菊人偶及茶屋，人头攒动，热闹非凡。有一说法称菊人偶最早源自岐阜的一家妓院，那里的老鸨十分喜爱栽培菊花，她做了一个菊人偶摆放在店内并深受好评，之后不知何时传到了大阪，德川末期又传到江户。

最有趣的当数制作曳山，即用菊花制作祇园祭中山车[1]。这股菊人偶的风潮到明治时期达到了巅峰，全日本皆在举办豪华的菊人偶活动。最终，连日本皇室也前来观赏。在夏目漱石的《三四郎》、森鸥外的《青年》等书中都有描写其全盛时期的场景。

在菊花园艺中出现了各种花卉造型，例如大朵花、一枝开千花等，又如精修过的大型会场造型、菊花吊盆等，皆展现了园艺之精妙。

而在中国，宋代开始便盛行菊花园艺，到了明代栽培出了一些比较出名的品种，甚至还出版了栽培菊花相关的读物。据说这些书籍影响了日本，到江户时代人们便栽培出了日本菊。在日本也接二连三地出版了许多关于栽培菊花的书籍。

由此可知栽培菊花，无论是在中国还是日本都曾盛行过，但唯有"菊人偶"是日本独创之物。在日本的各类节日中，有关菊花力量的信仰被世俗化，人们透过欣赏菊花之美，可以感受到日本所特有的"寄情"和"风雅"。

陶渊明所咏之菊

中国看似与日本相似，实则不同。不过在文学方面两国不相上下。除了日本之外，从古时开始，中国人便也常常寄情于菊。在众多的典籍中，记载着菊花具有不老长寿之力。在汉诗中，以陶渊明为首的众多诗人皆有

---

[1] 山车：祭典活动时巡游的像房子造型的车。

咏菊诗。

这里介绍一首诗歌。陶渊明因堪称千古绝唱的《归去来兮辞》闻名天下。而我要介绍的便是他《饮酒二十首》中的第五首。

陶渊明，东晋末至南朝宋初期伟大的诗人，是东晋大将军的曾孙。到了他这一代，家境早已没落。其父去世之后，他即便身处困境仍志在远方、学富五车。二十九岁那年，为了生存，他不得不出任地方官职。然而，陶渊明依旧秉持着纯真之心，且仍很厌恶为了出人头地而不得已卑躬屈膝的生存态度。他一边为了生存任职，一边却想要归隐，矛盾的想法一直缠绕于他的心间。在四十一岁那年，他辞去了县令，离开官场，回到了心心念念的故乡。他摒弃了做官这一出人头地的康庄大道，选择开启属于自己的田园生活。即便如今，四十岁仍是人生中的一道关卡，是深感困惑的年纪，在这个年纪里人们会突然看不清前进的方向，迷茫不知路在何处。而陶渊明却在这一年纪直视日常生活之艰辛，审视自己的内心。他将这种内省与自我矛盾的心境寄托于诗歌之上，并提升了心境，为后世的唐朝诗人指明了方向。

在他所作的诗中，《饮酒二十首》《归园田居五首》体现了其豁达的心境。以下列举的《饮酒二十首》中的第五首，虽然未明确提及菊花酒一词，但在其他诗中有提到酒中漂着菊花。

> 结庐在人境，而无车马喧。
> 问君何能尔？心远地自偏。
> 采菊东篱下，悠然见南山。
> 山气日夕佳，飞鸟相与还。
> 此中有真意，欲辨已忘言。

[自己虽造屋居住于人间，但没有世俗车马往来的喧闹。问我为

何能至如此境界，其实只要心志高远，即使身居闹市却依旧如同僻静之地。在晚秋之际，于东篱之下采摘菊花（放入酒杯中），悠然间远处的南山映入眼帘。傍晚时分山间雾气缭绕，景色甚佳，飞鸟结伴而归。这（看似平常的）景色里蕴含着人生的真谛，欲辨识一番，却不知如何表达。]

以上便是此诗的大意。在很久之前我便十分喜欢此诗之中的"采菊东篱下，悠然见南山"。辞去官职，忘却世俗，以悠然之境自居。这至今仍是我们世俗之人的梦想。那么，怎样才能达到这一境界呢？答案就在此诗的最后一句"此中有真意，欲辨已忘言"。看上去似乎不明所以。但在此句之前，陶渊明介绍了一番自然风光。借用松尾芭蕉的话来说，便是"顺随造化、以四时为友"吧。这真真是欲辨识一番人生真谛，却不知如何表达。此诗所表达的心境与庄子的思想以及禅宗思想极为相近。依我之见，即大隐隐于市，常持自然之心。然而说得容易，做起来却很难，而菊花便是着手之处。

再列举《饮酒二十首》的第七首中的一部分诗句。

秋菊有佳色，裛露掇其英。
泛此忘忧物，远我遗世情。

这两句诗句就不必解释了吧。菊花酒是净化精神、忘却忧愁的神药。

这里稍微转换下话题。提及陶渊明，我脑中便会浮现良宽的身影，因为两人极为相似。对日本人来说，两位皆是众人仰慕的对象。良宽能与孩子们玩在一起，不顾世俗，很是超然。然而，称自己为"大愚"的他却创作了许多汉诗与和歌。他所作的汉诗多含对诸事的尖锐批判，诸如忧天下之忧、叹佛门之衰等。美学家中井正一先生在授课时曾提过一句关于《诗经》的点评："诗者，既为志向，亦是利刃。"正如这句话所言，求真之心亦有两面性。请阅读以下诗句：

> 生涯懒立身，腾腾任天真。
> 囊中三升米，炉边一束薪。
> 谁问迷悟迹，何知名利尘。
> 夜雨草庵里，双脚等闲伸。

然而，良宽的和歌总是以读者的角度委婉地叙述自己的情感，例如他将自己的生活比作小溪的声音："山阴岩缝处，苔水川流过，微声耳边传，普度世人心。"由此可见事物皆有两面性。在日本，人们会避免个人必须做出选择的情况发生。无论是亲鸾[1]还是西行皆是如此。而此般心境不正与陶渊明异曲同工吗？依我之见，作者想要表达的并非勇气过人之意。

日本古籍中的菊

接下来，请各位再次回顾下日本有关菊的诗歌，便会发现《万叶集》中竟然一首也没有，但是在之后的汉诗、和歌中却常出现咏菊之作。平安时代初期，乃是空海、最澄[2]所生活的年代，众多未来的高官，即留学生、留学僧回到了日本。当时，嵯峨天皇深深折服于中国文化的魅力，于是取

---

[1]　亲鸾（1173—1263），日本佛教净土真宗初祖。曾名范宴、绰空、善信、愚秃亲鸾等。谥号见真大师。

[2]　空海、最澄：皆为日本遣唐僧。

其精华也开始创作汉诗。嵯峨天皇所敕撰汉诗集《凌云集》《经国集》中，仅咏菊诗就收录了九首。那么，便出现了一个疑问：在嵯峨天皇的年代是否已栽培出了美艳的菊花？其实，这一疑问解答与否并无太大关系。因为在那个年代，人们仰慕着中国诗歌、绘画中所展现的菊的印象，故也作起了咏菊诗。这便是接受外来文化的表现，若是与我们这个时代类比，这一表现就如"二战"后人们诵读法国的恋爱诗歌、唱英文歌曲一样。

这就像人们对于大洋彼岸、乌托邦，即充满异域风情世界的向往。然而，日本人将这份向往深藏于自己的身心中，这意味着它早已被本土化了。而且，在模仿的过程中，自然而然地孕育出了日本所独有的真谛。

在《古今和歌集》中有不少咏菊的和歌，于是便有人认为那时的人们已可在近处赏菊。但是，仍有许多人并不赞同此观点，他们觉得当时的人们并不一定培育出了观赏用的美艳菊花。这是因为在《古今和歌集》中，关于菊花的和歌并不都是对自然的描写。在当时，赛诗会十分盛行，人们常以中国汉诗中所吟诵的风情及屏风画、中国画为题创作和歌。所以，有一种说法是《古今和歌集》中的这些咏菊之作都是抽象、想象之作。

因此，相传直到平安时代的两本著作《源氏物语》《枕草子》问世之际，菊花方才融入了日本人的日常生活及情感之中。在《源氏物语》中"菊花"一词出现了两次，"菊"一词出现了十八次，且书中的菊常让人忘却年老，联想起更迭之事，其清新的香气又给菊增添了一丝纯洁的印象。

在日本的和歌、俳谐、俳句中，不乏咏菊之作，此处暂且不表。不如先来看一首和歌，这首和歌乃是纪贯之 [1] 所作，收录于《古今和歌集》。

---

[1] 纪贯之（872—945），日本平安时代初期的随笔作家与和歌圣手，《古今和歌集》的总编。

秋菊吐芬芳，折得一枝插头上，花未落尽人无常。（276）

其实，这首和歌有一标题，写作"感人生无常时赏菊而作"。"花未落尽人无常"，这后半句表达了作者已知自己来日无多，随时都会死去。然而，作者认为他至少还可以享受现在，尽情赏菊。由此可见，此句诗歌中还包含了作者对生命更迭的淡然与忧愁。在中国，菊花作为四君子之一，与梅、竹、兰一同属于高雅之物。一株花枝上直立着一朵花儿，它不畏寒霜、不惧风雪，傲然盛开。这就是菊花，高贵之花。换句话说，在中国人心中，菊花便是这般凛然，它与脆弱、悲叹无半点关系。然而在日本，人们自古便能透过菊花感受到自然的无常感。

接下来再介绍一首纪友则[1]的作品。题目是"是贞亲王家歌会时作"。此外，还有多首与之类似的和歌，皆是赛诗会上所作。

菊花和露摘，斜簪鬟边作发钗，愿人长久秋长在。（270）

这首和歌中出现了露水。在《古今和歌集》的其他几首咏菊之作中，多是咏颂菊花沾露水之景。即便在中国，人们也常认为菊露吸收了菊之精华，具有消灾、增强生命力等功效。据说，中国还有一种名为"着棉"的活动。每晚人们将棉花包裹住菊花令其吸收夜间的露水以及菊露，次日便摘下棉花用于清洁身体。换句话说，在当时人们的眼中，菊露充满了灵力，堪比仙药。而这似乎与如今的和歌所表之意有所不同。"愿人长久秋长在"揭示了作者祈盼永生的愿望。然而，此句和歌中出现了露、菊、秋，反倒令人忆起了那些时不我待的过往，不知各位是否有同感？

---

[1] 纪友则（845—907）：日本平安时代前期的歌人、官员，三十六歌仙之一。

　　　　　　　　　　　　　四月樱，九月萩：花的日本美学探源

即便在《枕草子》中，同样是有菊之处必有露。

> 九月九日从破晓稍为下点雨，菊花上的露水也很湿的，盖着的丝绵[1]也都湿透了，染着菊花的香气特别的令人爱赏。早上的雨虽然停住了，可是也总是阴沉，看去似乎动不动就要落下来的样子，是很有意思的。

此段描述中出现了露水与盖着的棉花。此外还有秋雨。这不禁令人联想起重阳节的习俗。但依我之见，这段描述既有表达净身、祈祷长寿之意，也有暗示生命的短暂，即世人皆同露水无异，终将逝去。此段描述中的菊就与中国菊花的凛然形象截然不同。

此外，在《紫式部日记》中，还有这样一番描述：

> 九月九日，侍女兵部送来了吸满了露水的菊花棉，说道："道长大人的夫人特意送了此物给您，她说愿您用此物拭去衰容。"听后，我随即提笔写下了一首和歌以表谢意："菊露虽可驻容颜，更愿花主命千秋。"本想将这首和歌与那菊花棉一同送还给夫人，可哪知夫人早已离开了中宫回到了自己的住处，想想此时前去归还很是无趣，便只好作罢。

侍女送来了菊花棉，而我想着相比因着这菊露重返容颜，倒是更愿赠菊之人获得永生，便打算将此菊花棉送还。然而，听说赠菊之人已回去，便也作罢了。通过这段描述我明白了一点，在当时菊花十分珍贵，故才会

---

[1] 原文如此。此处的"丝绵"指棉花。

这般互相赠予。

菊中暗藏的印象

此外，我总觉得菊中暗藏着通灵、妖冶又离奇的氛围。在世人皆知的观世流[1]的能剧中有一名为"菊慈童"的人物，在观世流外的能剧中又被称作"枕慈童"。此外，还有田乐[2]中的"菊水"、金刚番外曲的"彭祖"等一系列相似的神话故事。这些神话故事便是歌舞伎舞蹈、长歌的起源。经过漫长的岁月，虽然故事内容发生了许多改变，但自室町时代开始它们便广受人们的喜爱。

这些神话故事中人物的原型，最早可追溯到上古的周穆王时期。有一位少年名慈童，深受周穆王宠爱。有一天，他不小心跨过了周穆王的枕头，犯下了大不敬之罪，被流放到了南阳郡的郦县深山之中。七百年后，魏文帝派钦差前往此山深处寻求仙药。途中，钦差突然在山中发现了一座被菊花淹没的草庵及庵里的慈童。历经七百年，少年依旧保持着美少年的样貌，并未衰老半分。之所以如此，是因为判其流放罪的周穆王赐其一枕，上面写有《法华经》之咒。将刻有此咒的菊叶置于水流之上，叶片上便会有露珠滴落，而这些露珠正是长生不老之药。慈童跳起了菊酒舞，祝愿帝王长命百岁。

看上去这似乎仅是一个神话故事，实则不然。这位独自在深山中靠着菊露获得永生的美少年，总会让人联想起希腊神话中化身水仙的纳西索

---

[1]　观世流：日本能乐的一派，以强调优美和雅致著称。

[2]　田乐：日本平安时代中期形成的一种传统艺术。表演时，以鼓、笛为伴奏乐器，演员头戴花笠，脚踩木屐，以歌舞演农事。

斯^[1]。这或许便是周穆王对这位美少年的执着之爱吧。慈童跨越了时空，以美少年之姿化身成菊，存活于世。如此一想，我们可以将此故事当作化身为菊的神话故事。

菊总会让人浮想联翩，似乎其中暗含着男子之间至深的约定。

江户后期的读本作家上田秋成所作的《雨月物语》中，有一章叫作"菊花之约"。简单来说，讲的是儒者、兵法者这两位结拜兄弟约定要重聚，然而兵法者被拘禁了无法赴约。于是，他便自杀，死后以鬼魂之姿于约定的"重阳节"之日现身。这份友情可歌可泣。此外，为何对男子来说赴重阳节之约比生命更重要？这一问题使菊更增添了一份奇特的魅力。

爱菊之姿

在日本，菊花既是天皇家徽，也常用于工艺设计。工艺设计中给人印象最深的便是江户的琳派。在镰仓时代人们甚是爱菊，后鸟羽上皇更是爱菊成痴。由此开始，十六瓣的八重菊便成为天皇的家徽。然而，也有传闻称菊花作为天皇家徽并无特别的缘由。1868 年，也有说法是 1869 年，拟定十六瓣菊花为天皇家徽，十四瓣菊花为其他皇族家徽。1871 年，正式确定将菊花作为天皇家徽。作为天皇家徽的菊，总给人以凛然、纯洁、清白、顽强生命力之源等印象。然而，对平民来说，泡茶用的菊花，还有开在原野之上的娇小野菊更令人感到亲切。

虽说人们在野外一看见菊花便会脱口而出称其为野菊，但其实菊花种类繁多，其大小、色泽皆不相同。例如，被称作野菊的除了马兰之外，还有柚香菊、野甘菊、山白菊等。此外，在专业书籍中，有关野菊的部分还

---

[1] 纳西索斯：希腊神话中最俊美的男子人物。他爱上自己的影子，最终变成水仙花。

列举了"野路菊""龙脑菊""矶菊""菊溪菊"等。若是打算将所有种类的菊花细细观赏一番，定会趣味无穷。菊花可用于泡茶，此种用法亦深受人们的喜爱。

菊人偶指的是用大量的小菊花制作的带有戏剧色彩的场景。在中国，栽培出了单只花朵直径大于三十厘米的菊花品种，这为菊花增添了华贵之色。之后各种变异及珍奇的品种层出不穷。或许是受此影响，在江户时代盛行菊花栽培，也有众多与菊有关的园艺图集问世。虽同是爱菊，但因时代及地点的不同，人们喜爱的方式也相去甚远。将这些不同的喜爱方式结合起来，便是人们至今仍旧爱菊的原因，而这一原因也与日本人的思维方式相符。

有关菊的话题无穷尽，最后一言以括之：日本人透过菊花不仅感受到了自然那无以言表的灵力，也看清了他们对菊花独特细腻且优雅的特性的爱慕之情。

十一月

红叶

如何迎接红叶最盛之时

进入十一月，每天报纸、电视等各大媒体中所播出的信息都与红叶有关。恍然间环顾四周，便发现处处有红叶。就连天空的颜色、微风的声音都满是红叶的气息。秋天便是红叶的季节，人们仿佛置身于一场红叶庆典之中。

首先，来说说媒体信息，谈谈不输"樱花前线"的"红叶前线"。就在近期，各大媒体将会争相报道红叶前线的信息。相信各位之中定有人打算踏上赏红叶的旅途。但在日本，各地赏红叶的时间段各不相同。据说十一月十日左右，日本东北地区的红叶观赏季已过去，而关东地区的妙义山、箱根以及日光的伊吕波坂正值红叶观赏季。关西地区将在稍晚时迎来观赏季，与此同时山阳山阴地区的大山、三段峡，九州的耶马溪也正值观赏季。

以地理知识来分析，日本列岛的红叶观赏季由北方开始，这是常识。同样，众所周知，一般山顶会先染上红色，随后颜色逐渐向山脚蔓延，直至吞噬所有绿色。纬度与红叶之间的关联想必各位清楚得很，唯独高度与红叶之间的关联着实令我吃了一惊。

那么，红叶于我们到底有何意义？最近的日本人大概没怎么思考过。其实，如果我不打算写这本书的话，可能也不会如此在意周遭的花及红叶。在世人来看，日本人对这些无动于衷。那么，这是不是意味着我们对花完全没有兴趣呢？其实并非如此。或许是因为花早已融入了我们的生活，就如同不用刻意招呼家人一样，我们一直生活在这片花草之中。事到如今已无须多言，我们与花草的关系早已毋庸置疑。我们也早已沉浸在大自然之中。

正因为如此，若我们留意周遭的花草树木，那些自古至今有关日本人的生活、喜怒哀乐的表象及内涵便会清晰地浮现在我们眼前。其中，与樱花同等重要的便是红叶，它们皆暗含着日本人的某种特别的情愫。

不同于西欧的感触

我们寄托在红叶中的情愫甚深。将这一情愫归总起来，便是"红叶美学"。

众所周知，在西欧国家，人们对红叶并无过多的情愫。对他们来说，红叶等同于枯叶。然而，红叶并非枯萎后飘落地面的叶子。于我们而言，红叶有朱红、大红、黄等各种颜色，若是没有这些艳丽的色彩，便不能将其称作"红叶"。所以红叶并非枯叶。在茶道中，人们常常将红色的叶子称作"照叶"。此外，柿树红叶、日本吊钟花、卫矛等也深受人们的喜爱。

在东亚，人们是否喜爱红叶？答案显而易见。在北半球的温带，槭树科植物甚多，中国有许多咏红叶的诗歌。中国人对于红叶的态度较随意，不仅有描写在林间焚烧红叶用以温酒的诗歌，也有下述一般的诗句。

停车坐爱枫林晚，霜叶红于二月花。（《山行》杜牧）

红叶的种类及颜色

槭树（カエデ）、红叶（もみじ），关于红叶的叫法纷繁复杂，我便做了一番调查。我们所说的红叶，多指槭树科中的鸡爪槭等槭属植物。这类植物原产自京都的高雄山、岚山。因鸡爪槭叶形似青蛙脚，故在《万叶集》中，将此物写作"蛙手"，日语发音也由此而来。鸡爪槭是最具代表性的

四月樱，九月萩：花的日本美学探源

红叶。此外还有变红、变黄等不同品种，据说槭树的品种多达二百余个，仅日本就有二十六个品种。但相比槭树，我们更习惯使用"红叶"这一称呼。红叶，还包括了橡树、栎树等落叶杂木。

接下来说说颜色，因为称作红叶，总会令人联想起红色，但《万叶集》有不少有关红叶的诗歌，其中不仅出现了"黄叶"二字，还有其他朱红、大红等各类颜色的叶子都统称为红叶。深浅不一的黄色，看上去甚是壮观，却又充满寂寞，当真是奇妙的颜色。

在去年（2000 年）秋天的报纸上，我看见了一篇题为《世纪末，为何一片金色？》的报道。据此报道推论，近期金色将在日本引领潮流。报道还列举了几个数据以支撑此结论，例如前年金色首饰的销售额涨了三倍，在京都金色与银色的丝线供不应求，等等。之所以有此推测，或许是因为秋季过于寂寥，又或者是为了迎接世纪末的到来。确实，金色能给人以厚重的华丽之感，而且还有例如香槟金等各种颜色轻巧又耀眼的饰品。报道中提到，人们早已受够了漫长的冬季，与这闭塞的时代相反，这股金色的潮流定会在日本绽放出花朵。

19 世纪末的法国诗人马拉美是这么解释颓废派艺术的：盛极一时的罗马帝国即将走向衰败，夕阳映衬下的云朵散发着金色的光芒，耀眼的夕阳便这般缓缓落下，在这金色的季节里。这份毁灭前的美景，令我觉得古希腊、古罗马时代的人们与日本人有着相同的感触。从某方面来说，万叶时代也可以说是古日本瓦解前的颓废派艺术时期。但不知为何，如今金色或者"红叶色"的热潮仍旧在不断蔓延。

在京都寂光院的相遇

我曾灵光一闪，思及红叶是否也有两副面孔。一副面孔是侘寂、幽玄，我望着一片飘落的红叶陷入沉思，另一副面孔便是染红整座山的红叶。换言之，一两片的红叶应是独自一人慢慢欣赏，而丛林中群生的红叶应该远观其整体。

大约三十年前，我曾造访过大原的三千院[1]、寂光院。当时，这些地方尚未开发成旅游胜地。前往大原三千院的道路两旁因种满了樱树及槭树而闻名，如今甚至有一首流行歌提及此地。然而，在红叶时节因常下阵雨，甚少有游客前往此处。傍晚时分，下车后，我独自一人漫步前行。三千院看上去荒无人烟，在满是青苔的庭院深处藏有日本重要文化财产——往生极乐院。一丈六尺高的如来佛坐像高至天花板，其左右还有两尊侍佛，皆保持着略微弯腰且双腿微开的跪坐之姿，分别是观音菩萨和大势至菩萨。此处的阿弥陀三尊像不同于别处，一般如来像是背朝西、面朝东，而此处的如来佛是面朝西，也因此其面部未受过多的阳光照射，仍残存着昔日的金箔。而且此处如云一般的装饰物中设有空隙，晴日阳光如箭矢一般射入佛堂内，阳光照耀下的三尊佛像散发着金色的光芒。耀眼的西方，暗含了人们对西方极乐净土的憧憬。此外，在我造访之时，此处尚未架设栅栏，所以我不仅透过佛像追忆了一下藤原时期的贵族，还顺便摸了摸佛像那丰腴的膝盖。当时，青苔之上已落满了红叶。

回到红叶之路这一话题，从山路下行一小段，右侧有一道山谷，山谷中寂光院的屋顶清晰可见。《平家物语》中的建礼门院，便是在此度过了余生。她是平清盛的次女、安德天皇的母亲，被卷入了源平两家的斗争中。正如大家所熟知的一样，源氏与平氏在坛之浦决战，她不幸被源氏俘虏，随后遁入佛门，就此度过自己孤寂悲惨的一生。就在最近，寂光院发生了火灾。在此之前，寂光院的屋顶本在竹林中若隐若现。当我造访寂光院之

---

[1]　三千院：位于日本京都府京都市左京区大原的天台宗寺院。

　　　　　　　　　　　　　四月樱，九月萩：花的日本美学探源

时，踏上竹林间的石阶，发现了一个隐蔽的小馆，此馆右侧还有一个小水池。我本以为此处池水甚是无趣，然而定睛一看，一枚飘落的红叶浮于水面之上。我突然抬起头向上看去，发现夕阳的光芒透过一枚红叶，就像是我们用手遮挡阳光时的场景一般，照得红叶的脉络一片血红，仿佛正在燃烧。红叶正因为会变成血红色才得此名字，当太阳光照射到一枚红叶之上时，我不禁生出某种难以言表的情愫。以上便是我与红叶的相遇。

在西欧人的印象中，一提及红叶便联想到枯萎的树叶随风飘落并在地面翻滚着。因我曾十分喜爱法国象征派的诗歌，故拜读了许多诗作。例如，诗人魏尔伦的名作《秋歌》，其中有这么一句：

> 长久的呜咽，
>
> 秋天的
>
> 梵哦玲
>
> 刺伤了我
>
> 忧郁
>
> 枯寂的心。[1]

随后，魏尔伦感叹自己也终将与落叶一般随风飘落至某处。此外，伊夫·蒙当[2]有一首名为《枯叶》的香颂曾一度在日本流行，也是一首感慨哀愁的歌。然而，枯叶在法语中是"Les Feuilles Mortes"，即死去的叶子。而在日本，红叶是活着的，并泛着血液般的色泽。

---

[1] 此处用戴望舒译本。

[2] 伊夫·蒙当（1921—1991）：法国演员、歌手。

红叶，染红了整座山脉

在经历了另一段与众不同的旅途后，我对红叶鲜血般的色泽有了更进一步的理解。在某个秋季，我踏上了一段旅途，从日光出发，略过中禅寺湖以北的战场原，由鬼怒川经会津若松绕道至猪苗代湖逛了一圈，便出了郡山。之后，我打算继续北上，前往十和田湖。于是，我只身一人乘坐公交车由山脚盘旋而上，随后向北驶去。

当我回过神来，发现山顶早已染上了金色。整座山由上至下慢慢变成红色。风吹过，山脚下的原野上一片金色随风摇摆，宛若浪涛，又似华丽的锦质新娘嫁衣。

锦，此等景色的确美丽如锦。有一种布料名为"金银珊瑚绫锦"，人们在制作过程中将金色与红色的丝线细细织入布匹，使布料呈现出多种渐变色，这便是古代日本所理解的"红叶"模样。我在旅途中曾透过公交车的车窗眺望风景，虽未看见一片片的红叶，但漫山遍野的红叶使得整座山像是正在燃烧的火山一般。见此情景的我也不禁热血沸腾，于是便打算在奥羽山脉间继续北上，前往十和田湖。

我沉醉于满目金黄的红叶美景之中，无法自拔。这种神秘的吸引力到底是什么？在日本，东北地区又称陆奥，在人们印象中此处是沉闷之地，实则不然，沉重的生命正不断燃烧着。见此情景，我有所感悟，原来红叶，既可以如寂光院内池水上的红叶一般，一片片皆寄托着每个人不同的心情，又可以仿佛正在燃烧大地，那旺盛的生命力似乎要连我们也一并吞噬。此时我才重新看清了，原来红叶具有两面性。

但在欧洲，人们对红叶与落叶并无上述印象。人们看见红叶联想到的是古希腊神话中的阿波罗与狄俄尼索斯。他们是古希腊神话中的昼与夜之神，自带生与死两副面孔 [1]。

随着时间的流逝，红叶也渐渐改变了色彩，颜色愈发深邃。若红叶突然变红，就不会在枝头停留过久。它们要么掉落在地，要么枯萎卷曲。为什么红叶有红黄二色呢？若叶子将剩余的营养转换成色素，就成了红色。而黄色则是因为绿色素分解，在我们眼中看来便成了黄色。这样我好像就能理解为什么会有感觉上的差异了。

红叶并非缓缓变色后瞬间消亡之物，它在大自然中完美地展现出了由生至死的过程以及重生的力量。

《万叶集》中的红叶

现在我们使用"红叶"二字称呼秋天红黄色的叶子。那么，古代日本是否早已有了"红叶"一词？不妨在历史的长河里回顾一番。

若是探寻一番古人的心境便会发现，在和歌之中有甚多歌颂红叶之作。当然，《万叶集》中也有此类和歌，不过，《万叶集》中有关红叶的和歌不仅歌颂红叶，还会使用"黄叶""渐变黄"等词语。也就是说，古时日本人将由红至金黄在内所有渐变色的叶子都称作"红叶"，而这着色的过程则称作"染红"。

对此，我深受触动，于是以"红叶美学"为题写了一篇文章。这篇文章是三十余年前所作。当时我为了举例查找了许多资料。如今，对我们来说，红叶就是自然凋零之物，它体现了生命的脆弱。但令人惊奇的是，在《万叶集》中，红叶竟出现在了歌颂爱情的和歌之中，作者用红叶来象征

---

[1]　此处作者指的是尼采在《悲剧的诞生》中提出的酒神精神与日神精神二元对立的美学思想。阿波罗是日神，是光的来源；狄俄尼索斯是酒神，是生命的来源。

感官性、肉欲感极强的欢爱场景。在深秋寂寥之时，眺望红叶，我们的心中为何会燃起一股能量？以下我将做一番简要分析。

依我之见，有关红叶的和歌之中最具代表性的便是《橘宿祢奈良麻吕结集宴歌十一首》。年轻的男女共赴宴会，互吟诗歌，把酒言欢，甚至以舞助兴，好不热闹。在日本上古的东国，人们将此种宴会称作"歌垣"。赴宴的男女皆不拘小节，在发间别上红叶。若是有男女坠入了爱河，则两人皆会以心相许，而这红叶便是他们爱情的象征。橘奈良麻吕所作的这十一首和歌便表达了此般情怀。

> 红叶逢霜露，折来插妹头，妹头经插后，散落也无忧。[1]（卷八，1589）
>
> 奈良山上树，红叶发幽香，手折今宵戴，飘零已不妨。（卷八，1588）

"妹"指的是心爱之人。一定有人认为，红叶终将飘零是无可厚非之事。然而，诗歌的最后一句"手折今宵戴，飘零已不妨"，体现了今夜誓要离世的决心，读后令我感触颇深。

因此，在离世之前，即黎明到来之前，何不尽情把酒言欢？接下来的一首和歌亦抒发了此意。

> 红叶终将去，翻多惜别情，乐游今夜永，但愿莫黎明。（卷八，1591）

---

[1] 译文取自杨烈译本《万叶集》（长沙：湖南人民出版社，1984年）。下二首同。

对红叶那转瞬即逝的生命，人们甚是惋惜。我不禁想起了著名诗人拉马丁的诗歌《湖》中的一句"光阴呵，停止飞行"[1]。此外，歌德的《浮士德》中也有相似的内容，对于恋人来说时间最为宝贵。何不凭心而动，与恋人享受现在。愿这满是爱恋的夜晚能永久持续下去。透过上述和歌，我感受到了浓烈的爱意以及燃烧的生命。这份爱意既猛烈又给人以强烈的视觉冲击，这也正是万叶时代人们的所思所想。人们将这份情感寄托在即将凋落的红叶之上，让我很是诧异。原本以为人们会用开花结果来形容爱情，但《万叶集》中的和歌并非如此，它们歌颂了秋季裹着红黄外衣即将凋落的红叶，而凋落的瞬间最为耀眼。通过这些描述我们也可以窥探一番《万叶集》中和歌的真意。以上这些都是我三十余年前的感想，如今，对于《万叶集》以及红叶我又有了不同的感触。

《古今和歌集》所歌颂的红叶

《古今和歌集》中也有很多有名的和歌。在当时，赛诗会风靡一时，宫廷贵族以及歌僧常举办会。参会人员分为两组比赛吟诗。或许是受此影响，抑或是受屏风画及汉诗的影响，《古今和歌集》中的和歌更重描写，不同于《万叶集》中的和歌那般露骨，多以歌颂远处山林间层林尽染之景为主。

这里列举一两首《古今和歌集》中的和歌。

二条皇后尚住东宫御息所时，为屏风上龙田河红叶漂流图题歌
叶落龙田河水红，宛如丹霞铺千顷，瑰奇胜仙境。在原业平（294）

---

[1] 此处用范希衡译本。

神备三室山，深秋红叶织锦缎，悠然身上穿。壬生忠岑（296）

在远处眺望山林之时，发现身旁的河流上漂着红叶，且数量在不断增长。如上所述，自山间至我们身边，所有的风景都被红叶染上了一层红色，似在忧心我们的恋情。

在《古今和歌集》中，作者们使用技巧或从心理学角度观察自己心中的色彩与沟壑，最终渐渐理解了生命的短暂以及凋落的孤寂之感。秋日之景犹如一幅锦绘，在大自然这火红一片、令人不禁欢欣雀跃的美景前，却有人以悲悯之心看待。《古今和歌集》中有不少和歌便是歌颂了悲悯之心。

龙田川是红叶的枕词。此河流位于奈良盆地以北，每到秋季，龙田川上便漂满了红叶，宛若一条彩带。可说是红叶浮于河流之上，亦可说是红叶覆盖了整条河流。若换作樱花，此等场景便是"花筏"，而红叶这般景色也在那辉煌灿烂的时代成了一种风情。在平安时代以后，相比黄色，人们更加在意红色红叶，也开始思考起红叶中的真意。

也就是说，自那时开始，人们甚少使用"黄叶"一词，而多用"红叶"替代。这两种称谓之间也蕴含着某种深意。然而，此种深意不同于古时日本。我们不妨一边思索为何会有此种现象，一边继续探寻红叶的"脚步"。

《百人一首》中也不乏歌颂红叶的和歌。

山林最深处，鹿踏红叶来，鹿鸣声不歇，悲秋涌心间。（猿丸大夫）

小仓山峰处，红叶尽染林，若君情义真，静待皇宠临。（藤原忠平）

例如，猿丸大夫的这首和歌会令人联想到恋慕之心，和歌中无一处晦涩难懂，反倒满是轻松、逍遥之词。然而，此处的"逍遥"完全不同于如今的散心、解闷、打发时间，它暗含了某种与神有关的宿命论，全身心沉浸在大自然中。此外，若是我们能多了解一些红叶在人们心中的诸多印象，便能更好地理解其中蕴含的深意。

《枕草子》与《源氏物语》

此处不妨来说说《枕草子》和《源氏物语》。无论是哪种花，皆可在《万叶集》《枕草子》《源氏物语》中找到身影。想必日本人的生活与花有着不解之缘，而这些古籍便佐证了此事。

《枕草子》中有这样一段描述：

> 从九月末到十月初，天空很是阴沉，风猛烈的吹着，黄色的树叶飘飘的散落下来，非常有意思。樱树的叶和椋树的叶，也容易散落。十月时节，在树木很多的家庭里，实在是很有风趣的。（一六五）

在这一段话中出现的"黄色的树叶"，广义上来说应称为红叶。满眼凋落的红叶，宛若一张织锦地毯。

在《源氏物语》的"红叶贺"一章中，出现了一种古典舞蹈"青海波"。源氏曾在众人面前跳过此舞，作者在描绘这一场景时，暗藏了许多深意，甚是精妙。随后，这一场景也通过谣曲、歌舞伎流传至今，以下为大家介绍一二。

> 红叶缤纷，随风飞舞。《青海波》舞人源氏中将的辉煌姿态出现于其间，美丽之极，令人惊恐！插在源氏中将冠上的红叶，尽行散落

了，仿佛是比不过源氏中将的美貌而退避三舍的。左大将便在御前庭中采些菊花，替他插在冠上。其时日色渐暮，天公仿佛体会人意，洒下一阵极细的微雨来。源氏中将的秀丽的姿态中，添了经霜增艳的各色菊花的美饰，今天大显身手，于舞罢退出时重又折回，另演新姿，使观者感动得不寒而栗，几疑此非人世间现象。

"令人惊恐""非人世间现象"，这说明此时观者已将源氏奉为神灵，故感觉其舞姿之中彰显着天人之姿，抑或是神灵正附身于源氏。观赏之时，观者并未拍手称赞，而是如入魔一般着迷，此景令人不寒而栗。直到如今，在十分精彩的演出中，也会有演出结束后一瞬的空白，之后观众才会如回魂一般拍手称赞。这段话语精妙地描写出了舞蹈的精髓，还有红叶、菊花所持之神力。由此可见，在《源氏物语》场景的描述里暗藏着作者所要表达的许多深意。

在"花宴"一章中，赏樱之夜，源氏微醉着漫步于后宫庭院之中，如此宛若命定一般遇见了胧月夜。此番场景绮丽至极，与"青海波"场景中所呈现的风情自是不同。日暮时的天空，成片的红叶，相映成趣，美丽得令人赞叹。

能剧中所展现的独特之处

随后，舞台之上的某一场景展现了红叶的独特之处，这便是能剧《红叶狩》。在世人眼中，《红叶狩》既是"第五出戏"[1]，又是"鬼物"[2]，

---

[1] 第五出戏：传统的能剧包括五出戏，其中第五出戏叫"鬼畜物"，以鬼神、天狗等为主角。
[2] 鬼物：能剧、狂言中以鬼为主角的曲目。

故事内容虽有所不同，但有关其作者的说法不一，有说是世阿弥，亦有说是观世信光。在当时，此剧红极一时，之后也被编成多种曲目，通过净琉璃、歌舞伎、舞蹈等多种演出形式传遍全日本。

现在简单介绍一番能剧《红叶狩》的故事梗概。有一位名叫平维茂的武将为猎鹿来到信浓的户隐山。随后，他应赏红叶的贵族女子一行之邀，共赴酒宴。平维茂手持酒杯喝了一杯，在称赞了女子之舞甚是迷人后便昏睡了过去。原来这些女子是户隐山的鬼神，她们见平维茂昏睡了过去，便销声匿迹。随后，石清水八幡的末社之神现身于世，将大刀递给平维茂，并说道："维茂，快醒醒。"平维茂猛然清醒，而那些婀娜的女子也现出了鬼怪原形向他袭来。原本十分优雅的舞姿陡然一变，狂风卷起红叶，杀气如同熊熊火焰四处乱窜。他拼尽全力挥舞起大刀与之一战，最终成功击退了鬼怪。

这个故事到底有何深意？无论是《红叶贺》还是《红叶狩》，都彰显着红叶所独有的双重真相。也许，这两个故事便是教导我们，世间存在互为矛盾的真相，再深度挖掘一番，便会发现其中所隐藏的鬼神之姿隐约与古印度创世神相似。因此，这一故事并非专属于红叶，而属于我们的人生，不，应该说是世界的舞台。自古我们的先祖便对与红叶有关的神话知之甚深。于是，他们便通过多种方式向世人揭示红叶中所暗含的真意。

沉迷于游山玩水

转念一想，在美术工艺中常出现红叶的身影，特别是我们常用之物——和服中便经常采用红叶花纹。值得注目的是，在美术工艺中展现大自然四季的四季绘以及体现每年定例活动、节气的潮流趋势，自日本古代

的大和绘 [1] 以来便流传了下来。

在桃山时代，人们非常喜爱绘制展现自然风光的野外游乐图。《花下游乐图》画着人们赏樱时的玩乐之姿。名画《高雄观枫图》中则描绘了神护寺山脚的青龙川赏红叶之盛景，世人来此玩乐，茶贩出摊供世人品之，就连妇女儿童也可饮酒吃饭，歌之舞之，好不热闹。就连《日葡词典》中都收入了 "Yusanni mairu" 一词，中文便是 "游山玩水"。自古以来日本人便喜爱游山玩水，常在天地间设酒宴载歌载舞。

想要布置好如此特别的空间，仅需一张绯色毛毡以及些许帷幔即可。依我之见，此空间非常具有戏剧性。它常用于神轿交替、神佛节气祭祀等场景。再追溯至上古，便会发现在神前乱舞以彰显与神合体的 "神游" 便是它的起源。自桃山时代至江户时代，这种祭祀方式逐渐被平民所接受并世俗化，转变成了如今游玩的形式。

人们不把自然当作 "环境" 抑或是环绕人类之物，只是一味地沉醉于自然的生命之中。这份超越自然之心逐渐发芽并长出花蕾，最终开出了艳丽的花朵。然而，这份心境并不止步于此。花季结束后，叶子染上了黄红色，由枝头飘落。它们并非消逝，这种飘落之姿正符合这个时节，展现了四季热烈的生命力。正因为我们早已置身此等盛大的场景之中，我们的祖先才会寄情于红叶。

一片红叶如烈火般燃尽生命，随后飘落至溪流之上。见此情景不禁令人想起自己的命运。然而，在同一时节，当我踏入奥羽山脉宛若铺着金斓缎子般满是红叶的山路时，秋季已过，即将迎来银装素裹的冬季，我心中并无半分伤感之情。

倒不如说我从红叶之中感受到了某种无法言语的巨大能量，想必这便

---

[1]　大和绘：10 世纪前后产生于日本本土的民族绘画。

是"染红"的魅力吧。

红叶美学

我们之前已经谈了许多"红叶美学",其实就是平淡无奇之物与绚烂之物的重合点。

不妨换一种说法来解释一番,将自然生命与人类生命融为一体之事,说得好听点便是性欲、性爱的最后一簇火苗罢了。法国哲学家乔治·巴塔耶曾说:"至高的性爱便是超越生死、照耀对方的快乐。"不愧是法国人,言辞可谓大胆至极。

于是乎,个人的死亡与大自然脉动的生命合二为一,我们在超越自我的生命体中燃烧着生命。

江户时代的良宽法师在七十岁时,与一位名为贞心尼的三十岁女子坠入爱河,而正是这名女子使良宽最后低吟之作流传至今。

此俳句乃是良宽常吟之作,名为《病于暑热之时》。

　　　表里皆示众,吾如红叶殁。

这首俳句精准地表达了生与死、人与自然之间的关联。

十二月

花祭

不断延续的花之内涵

至此，从四月的樱开始，包括紫藤、鸢尾、百合、莲、萩、菊、红叶在内，我们已介绍了上述几种自古以来便常伴我们左右的花朵。我打算整理信息，讲解一下岁末、节气以及日本人对于花的深厚情感与精神文化中所深藏的花之内涵。

日本人自古便有注重节气、与自然变迁共生的情怀，由此产生了每年定例的各种活动。虽然最近人们在生活中看似忘记了此事，实则不然，即便举办方式、制度化的东西消失不见，原本汲取自民众的诸多精华经消化、改良后的本质却一直延续着。据说最近定制神舆的订单有所增长，太鼓也登上了世界的舞台。而之所以有此现象，是因为世界各地需求的增长。

新春的花祭

从除夕 [1] 至元旦，许多地区仍保留着举行各种古老仪式的传统。花祭便是其中之一。

它不同于人们所熟知的四月八日庆祝释迦牟尼诞辰的浴佛会 [2]。在日本，无论翻阅哪本词典，都会发现"花祭"一词有着另一种含义。据说在镰仓时代至室町时代便有了花祭，即七八百年前已有人举办了花祭，举办地就在奥三河、天龙川及其支流交汇处的山谷。山中有二十多处集落，而它们的中心则是爱知县北设乐郡东荣町。在这里，每年十一月至次年三月上旬，即从当年年末至次年年初都会举办延续了几百年的花祭。

---

[1]　这里指日本的除夕，即公历 12 月 31 日。

[2]　浴佛会和花祭的日语都写作"花祭り"。

此活动是此处仅有的风俗习惯。1927 年，一位名为早川孝太郎的研究人员发现了这一活动，在他将此事发表至刊物前，此活动鲜为人知。该活动并非由领主、神社、寺庙所组织，而是不知何时自行发展成形的民间庆典。

简言之，这个活动似乎融合了丰收庆典、除夕与元旦迎春等多种元素。总之，就是一种由冬季一直持续到来年春季的庆典活动。当地人一直延续着该活动。在研究人员发现了该庆典后，它也声名远播。然而，我们不禁想问该活动到底源于何时、正确的步骤如何、有何含义。由于此活动已历经几百年，通过口口相传的方式延续至今，故人们无法明确其确切的年代及举办内容。栋札 [1] 记载着平安时代、镰仓时代的许多古老建筑，而《花祭传书记录》则记载着江户时期以来的花祭。

每当举办花祭时，人们便喊着"忒吼嘿，忒吼嘿"，从傍晚时分开始彻夜狂欢。花祭的举办地位于天龙川的山谷，其庆典内容以诹访神社的祭神仪式为主。据后藤淑 [2] 先生研究，花祭原本是外来的修验者，即云游修行至此的仙人带来的习俗。所以它融合了熊野修验、伊势御师、白山圣等祭祀歌舞的元素。

据说在很久之前，花祭的活动长达七天七夜，包含三十首舞蹈，且每隔七年、二十年就要大办特办。因此，有传言称当时人们为了这一庆典活动会储备黄金百两、米百俵 [3]。

而如今，此庆典活动缩短为一天一夜，且庆典的主要内容是祈福舞，即祭祀歌舞，以及在祭祀广场架锅烧水、洒水的祭神仪式。祭祀歌舞曲目的推进与祭祀活动的进度紧密相连。曲目大致可以分为"引神""舞""送

---

[1] 栋札：记载建筑相关信息的木札。

[2] 后藤淑（1924—2010）：日本演剧研究者，昭和女子大学名誉教授。

[3] 俵：计量单位，一俵为六十千克。

神"这三类，其中有用温水净身的"汤囃子"[1]，两曲目之间还有多组不同年龄的少年所跳的组舞。花祭便囊括了这些歌舞、祭祀活动。

自古以来的宗教性

想必有人也思考过花在这类场合中的意义，不管怎么看，都意味深长。从整体来看，新春的花祭以庆丰收、祈祷来年丰收的谷物之花和迎新春祭祀活动为主，再慢慢融入修验道的各种仪式。此活动还包含多种修验道的舞曲，例如祝贺长生不老、令人不禁回想起阴阳道的延年舞。修验道的教义、宗旨便是"起死回生"。修验道者通过苦行历经死亡、除去周身污秽，因而获得新的灵力与生命力。这便是修验道修行之根本。花祭便融合了此道之内涵。

迎新年、祈丰收、除污秽。如此一想，花祭也融合了除夕与新年的初次参拜活动、过年等元素。也就是说，在花祭中包含了人们对于一年结束的喜悦、对来年丰收的期盼以及对新一年五谷之神、祖先灵魂的恭迎等欢乐之情。

花祭一改祭祀的严肃风格，仿佛重返古时与神同乐的欢快场面。想必再也没有如奥三河的花祭一般既杂乱又保留着古老民俗的活动了吧。此外，日本自古便有着许多与花有关且极负盛名的民间宗教，在古代自然信仰、阴阳思想、御灵思想等宗教观念中大多存在着"镇花"一说，例如赫赫有名的京都今宫神社的"安良祭"便属于"镇花祭"。

有趣的是，祭祀之中竟会出现鬼怪。之前未曾提及，在奥三河的花祭

---

[1] 汤囃子：一种轻快的舞蹈。在整场演出快结束时，四位少年手持由稻草捆制成的炊帚，就好像是要清洁舞场一样，将灶内的热水乱泼。据说如能被热水泼到就不会生病，因此非常受欢迎。

中也出现了被除污秽的鬼。花祭中有一种名为"榊鬼"的鬼，可被除污秽。虽说日本有句俗语"鬼出去，福进来"，但为了镇花，在有些祭祀活动中也会出现鬼怪的身影。花祭有着双重含义：一是为了花朵永不凋零、庆丰收而镇住花之心；二是为了镇住疫情流行、暴雨来袭等自然灾害，祛除灾难与疾病。不管怎么理解，花祭都应有这两种含义在内。之前在七月一章中已提到，大和的大神神社的摄社、狭井神社的镇花祭也有相同的含义在内，直至现在人们依旧会每年隆重地举办这些活动。

说到花祭，光看这几个字，想必有人会以为这是一个十分娴静的庆祝活动，但事实恰恰相反，这是一个除魔、祛病、祈祷丰收的庆典。或许是因为这一庆典仍保留着跳舞与献花的环节，包含着起死回生、驱逐污秽与死亡、孕育新生的含义。

那么，为什么奥三河依旧保留着花祭这一传统活动呢？这个问题至今都没有准确的答案，不过此处位于天龙川流域，与上流的诹访神社相连。由诹访神社向日本海方向下行便是系鱼川。这条线路从正中央将日本列岛一分为二。诹访神社最有名的便是每七年举行一次的御柱祭。这个祭祀活动是日本传承至今最古老的活动之一，人们立起柱子并将其当作神灵的现世之身。上述信仰与修验道一同在这片区域传播开来。而这或许是因为日本古代的山岳宗教人员也是沿着这条路线，走遍了日本列岛的山川峡谷。此外，奥三河离伊势也很近，而伊势与熊本两个地区的神佛观念也有所融合，或许因此奥三河附近山谷间的村落才成了举行自然祭祀活动的不二之选。

花簪

想必世界各处的人们都会寄情于花，然而日本人所寄托的情感十分独特。思来想去，在呈现花中所寄之情的方式上，日本与西欧存在很大差异。

一言以蔽之，日本古时的思想原封不动地存续于世间，随后为了适应环境而不断变化，最终跨越时空存活在日本人心中。

正巧此时离正月不远，我们不妨举个例子，"华丽"一词有戴花簪的意思[1]。提到用花做装饰，最常见的就是去夏威夷等地旅行时挂于脖子间的花环，抑或是在各种场合佩戴花饰。此外，源自印度的佛教活动中也有一种名为"撒花"的佛事。确实，无论在哪个国家，人们都会在喜庆或是祭祀的时刻用花束装饰。然而，日本人有一观点不同于他国，日本人认为花朵极具灵性。

例如，从古至今，日本的诗歌之中时常出现"簪花"一词。"簪"是为了在庄重的仪式、巫术等场合提振身心。人们常会在发间、冠上别一朵花或是一根花枝，抑或是制作花冠戴于头上。流传至今的女性用发簪便是源自于此。在成人仪式、结婚仪式等女性需着和服等出席的场合，她们常于发间簪花饰之。此外，人们还常将花朵作为正式的礼物赠予他人。

簪花是一种象征，代表人们此刻并非身处日常生活中，而是置身于庄重、神圣之地。此外，簪花对日本人来说，不仅仅是装饰之用，还有感受花中所蕴含的灵性之意。这一点尤为重要。

《万叶集》中自是有许多歌颂簪花美景的和歌。在古时候，"玩乐"一词隐藏着一层深意，即通过祭祀歌舞表达对神灵敬仰、与神同乐之情。因此，为了表达此情，人们在玩乐之时会将花朵饰于发间。接下来，便介绍一首和歌。

为簪少女鬟，为饰游士巾，樱花开遍域中土，於戏香色何氤氲。[2]

---

[1] 華やか（华丽）和花やか（花簪）的日语平假名都写作"はなやか"。

[2] 译文取自钱稻孙译本《万叶集精选》（上海：上海书店出版社，2012年）。

（卷八，1429）

这首和歌的大意是，为了少女们皆鬓边簪花，为了优雅男子们皆头鬓上戴花，君王下令在自己的王土之上种满了樱树。每逢春季，朵朵盛开的樱花便形成一片粉色的花海，美不胜收。在广阔的天地间盛开的樱花，便象征了这一广袤的空间。君王下令种樱树也是为了少男少女们在结识、玩乐、参加喜宴之时，都能头戴樱花。由此可以真切地感受到君王庆贺、祝贺之意。

换个话题，在前几章中提到了松尾芭蕉在探访奥州小道的旅途中，曾来到位于福岛县的白河关，而此处恰恰是奥州小道的入口。在进入这一"入口"之时，同行的弟子曾良创作了一首俳句。

且插溲疏作饰花，权当盛装过关隘。

白河关自古便被称作三关之一。文人墨客常聚于此，吟诗作对。白河关上有一首题词"古人，正冠整衣也"。而之所以在此处立着如此题词，或许是想要警醒世人，通过此关方算是进入奥州小道这一自古以来的圣域之中。溲疏花是一种白色小花，若是成团成簇则与八重樱有几分相似。

如此这般，我们于花祭中领悟到了花之内涵。而这或许便是从古至今传承下来的宗教礼仪原型吧。从一种似假面之物转变为"盛装"，其象征便是花，而穿戴此物的行为便是簪花。人们曾以这种装束来祭神。

读至此处，我们便会明白，树木上附着神灵，当神灵降世之时树木便成了神灵的化身，而树荫则是神圣领域，森林亦是神之住所。

簪花一事远比我们想象的重要得多。其实，在每年的定例活动中，它是与踏歌节会一样不可缺少的习俗。此外，在大赏会、贺茂以及石清寺的庆典中，庆典的使者、舞者、列席人员也必须簪花。同时，政治性的活动也需要这一元素。

正如前几章所写，花包括了紫藤、樱、棣棠、龙胆草、菊、细竹、蔓草等。一般人们会根据定例活动的内容和簪花之人的地位来选择不同的花朵。在某些时代，人们甚至还制定了严谨的规则用以确定人们所簪之花。

以花为生

就"花"这种事物来说，它寄托着不可见的真实，人们也会想要探寻花中所暗藏的真意，日本人是从这个层面去理解"花"的。依我之见，能将如此深奥复杂之情寄托于花上的，大概只有日本了。虽然这点看上去平淡无奇，但人们以及世俗并不会从善与恶、存在与否、真与假、进步与退步这几个方面来评价花的好与坏，而是将"花"这种自然之美广泛投入人生以及艺术领域的方方面面。这一点令人震惊。

花不仅仅是好看的装饰品。通俗地说，在我们的心中常将花比作人生，并乐在其中。因此，"花"早已不单单是一种植物，更是我们思想的核心。与其说是去赏花，倒不如说是将自己的人生寄托于花之上，生活在这世间。

歌论中所体现的内涵

日本文化范围很广，并不能简单概括为一两点，所以我思虑了许久。但最终，个人还是觉得诗歌俳谐最能代表日本文化。尤其是与歌论[1]、艺

---

[1] 歌论：和歌理论、评论。

道有关的记载。其中，有文字记载且仍保留有古代韵味的，自是我们常提及的《古事记》《日本书纪》《万叶集》。在当时，人们会给诗歌配上曲谱唱之、舞之。而现在，从广义上来说，诗歌已成为了解日本文化的切入点。而且，像《万叶集》《古今和歌集》《新古今和歌集》等敕撰集，即奉历代天皇之命所编撰的和歌集，已经延续了二十一代。即便如今，在新年之际，日本皇宫中仍会举行名为"歌会始"的诗会。日本便是如此奇妙的国度。

先不说好坏与喜恶，和歌与俳谐确实最能代表日本，这点毋庸置疑。我们可以透过和歌去探寻纵览世界的视角、生存的方式以及审美的品位。而且，在提到花时，我们不妨透过和歌、诗歌所要表达的真意来思索日本人的想法。

虽然随着时代的不同，对和歌的解读也会随之变化，但和歌的本质并不会变。反过来说，"花"即灵性反倒成了日本人思想的核心。

众所周知，在《古今和歌集》中有用汉字撰写的序文《真名序》和纪贯之用平假名撰写的序文《假名序》。人们将《假名序》视作歌论之一，十分重视，序文中写明了何为文学、何为诗。"此歌始于天地开辟之时"，这便是信奉"语言之威"的思想。汉字的《真名序》引用了中国的《万叶集》即《诗经》的序文，"感生于志，咏形于言"，当心中的热情澎湃至极便成了志向，而当志向受挫时，则"怨者其吟悲"。我想起美学家中井正一先生在授课时曾提过一句关于《诗经》的点评："诗者，既为志向，亦是利刃。"对于何以为诗，《真名序》中还有这样一句话："动天地，感鬼神，化人伦，和夫妇，莫宜于和歌。"

此外，纪贯之在《假名序》中提到，和歌托根于人心，发华于辞藻，并写道："生生万物，付诸歌咏。"如今这世道，尽是些假大空的和歌，一些甚好的和歌也早已被埋没。"借此通晓和歌，得其歌心者，如仰观太空之月，思古抚今，不亦乐乎哉！"万物乃是表象，而其内在核心便是真理。正因为和歌描绘了万物，方能如佛法中的真如月那般贯通古今东西却依旧坚守真理。日本人认为，《古今和歌集》中的和歌，形式与内容恰好互补，其中还暗藏着超越表象与内容之外的另一种真理。由此可知，日本首部歌论有一个充满神话色彩的起源。而《新古今和歌集》的代表诗人藤原俊成、定家、西行法师等便深谙其道。

与幽玄之间的关联

总之，人生的真理便是语言。然而，语言真能表达出我们所有的感受吗？答案是相当困难。

人们的感受，严格意义上来说很难用言语来表达。若是人们说了什么，他们所要表达的感受也就只能止于此。然而，人们常是话外有话。纪贯之评价在原业平的和歌时，写道："其心有余，其词不足。如枯萎之花，色艳全无，余香尚存。"

于是，《新古今和歌集》的诗人们产生了一种想法，想查明何为语言所不能表达之物、何为心中真理，为此他们继承了纪贯之的意志，不断追寻着答案。西行的前辈兼友人藤原俊成及其子藤原定家，尤其是以藤原俊成的诗歌集《古来风体抄》为首，大家纷纷评价名人在赛诗会上所吟诸多诗作，借此深度挖掘和歌的本质、探讨万物真理，从而创作出一首首极富思想深度的和歌，这便是"幽玄"。

"幽玄"具体指的是什么？关于此问题，从《古今和歌集》的序言至大辞典，自古便有许多研究学者众说纷纭。但难能可贵的是，这些学者都有一个共识，即"幽玄"乃是基于个人经历之物，人们常将无法言说的真理称作"幽玄"。概括来说，幽玄极其深奥、幽暗、不明朗，但理解之人却能明白其中真理，其表示的是隐藏在深处、无法看见的真理。自《新古今和歌集》的时代起，人们便极为重视"幽玄"。例如，藤原俊成在评价西行的《鸭立于泽》之时，便写有"心有幽玄，其姿亦然"。

随着时代变迁，新敕撰和歌集中的和歌创作由贵族沙龙逐渐转向大众，并以连歌为主要形式传播开来。从赛诗会、连歌到其他的表演艺术如茶道、能剧、狂言以及歌舞伎、俳谐，皆有"幽玄"的身影，而花与果实 [1]、探求真理之心的幽玄美也随之确立了下来。可以说，幽玄便是花与"真理之心"，即果实之间的关联。在世阿弥的能剧理论书《风姿花传》中，花乃演技之真谛，虽然因着时间与场合用法有所不同，但不明说之处方能体现作者欲言之真理。

三夕歌

在《新古今和歌集》中，有三首极具代表性的秋季和歌，并称为《三夕歌》。是由西行、藤原定家、寂莲所作的幽玄和歌的代表作。首先，看一下西行法师之作。

> 身处空门心亦感，泽中鸭飞日暮里。

这首和歌十分有名，我认为它便是日本美的发源地。接下来是藤原定家的和歌，其内容恰似呼应了上首和歌。

---

[1] 花与果实：日本有"花实思想"，即将诗歌的构成要素"语言"和"其中真意"比喻为花与果实，强调创作诗歌时需将"花"与"果实"相结合。

无花无红叶，唯有空寂寥，海边苫屋处，洒满秋日暮。

接下来，是寂莲法师之作。

　　寂寥本无色，秋季日暮里，山中层林染，方显空寂寥。

　　这三首和歌有共通之处，阅读后读者皆能理解作者欲表达的"真理之心"，同时也应该领悟了何为幽玄。只有藤原定家的和歌中直接出现了"花"，而寂莲法师的和歌中出现了"无色"一词，可否说明这首和歌展现的是无花且昏暗一片的世界？答案恰恰相反。

　　花儿虽给人华美之感，但不可忽略的是和歌中提到了秋季的傍晚。秋季是万物衰败之时，傍晚时分夕阳西下，世间一片沉寂。景色甚是沉静。

　　而西行则是"身处空门"，本是秉着抛弃烦恼之心出家为僧，却最终"心亦感"。换句话说，他看着"泽中鸭飞日暮里"，即秋日鸭子们纷纷飞离池沼之景，顿时心生感悟。而读到这首和歌的我们，也似乎领悟到了某种无法言说的情绪。

　　藤原定家这首和歌的后半句"海边苫屋处，洒满秋日暮"，说的是海边日暮时分，天地连成了一片，呈现一派灰色，似是一个万物皆无的世界。此处既无花儿亦无红叶，可谓空无一物。突然，他发现远处有一座"苫屋"，即渔夫建造的小屋，而这间小屋仿佛成了人类存在于这灰蒙一片世界中的证据。

　　试想，用针扎紧绷的太鼓鼓面会发出"嗞嗞"之声，而用手敲击鼓面则会发出"砰"的一声。前面所介绍的这三首和歌所描绘的意境不就如同一只鼓吗？在静谧之时突然敲击鼓面，发出"砰"的一声，鼓声的回响反而使得环境更加紧张、寂静。这时，整个世界似乎是一个能剧的舞台，舞台上关于宇宙的剧目引人入胜。这想必便是幽玄了。

无法言说的真理

以上虽然看似是我个人的见解，实则不然。藤原俊成曾在书中提到，幽玄之和歌甚难理解，但如果从天台宗[1]的教义入手就比较容易。提到天台宗的教义，想必大家会认为很难，其实其核心就是"空假中"的"三观理论"。我曾耗费十年时间撰写了一本有关最澄的书籍，对其理论颇有研究，以下尽量用简洁的语言来解释。

"假"是表象，即眼所见之物。"空"，我们常说"色即是空"，它代表的是不可见之物。虽然我们可以看见花，但它终将凋零。那么，花凋零后，就表示世上没有花了吗？不，这世上还是有花的存在。即便我们不能看见，但花仍存在于这世间。换句话说，世间存在两种花，一种可见，一种不可见。若是将二者结合起来进行思考，便会获得真理。而囊括这两种形式的便是"中"。

以上这种理念在中国佛教中称作"中观"，即用此观念观世间万物。"中"囊括了世间万物。眼所见之物与不可见之物，两者融合在一起便是"中"。而宇宙的真理即"法"，亦是宇宙其所在。这一观念中的"世界"便是幽玄。

之前曾提到，幽玄与松尾芭蕉也有所联系，现在便列举一处。

闲寂古池旁，青蛙跳进水中央，扑通一声响。

---

[1] 天台宗：中国佛教最早创立的宗派，9 世纪时由日本僧人最澄传入日本。

这首俳句想必大家都十分熟悉。这首俳句所展现的意境与"泽中鸭飞日暮里"完全不同，但在我看来，它们在结构上有相似之处。

这首俳句的关键词是水声。人们对古池、跃入水中的青蛙并无兴趣。这首俳句的主要内容是青蛙跃入古池时发出的声响，而这一声响刚好打破了静谧的风景，并在瞬间响彻了全宇宙。透过此番景致的描述，我们顿悟了一点，即人类也身处于这一宇宙之中。至此，幽玄便诞生于世。外在的表现与内在的意义，将二者融合起来便是不可言说的真理。而企图抓住这一真理的想法便是深奥的日本美学。

与此同时，无论我们说多说少，努力与否，都能理解彼此所要表达之意。但是，其中还存在着不可言说的真相，它总是超出我们所说的内容。

这便是"花中花"。日语中有一词"花鸟风月"，以"花"开头，表示眼所见之物，其背后有不可见的全世界。一切皆是花中花。

插花的世界

不知该从何说起，花这种东西，仅仅观赏便会发现，它有华美的一面，也有终将凋零的悲惨一面。

在生活中，我们常观赏未经加工、纯天然的花，但同时我们也会以插花这种形式观赏另一种风格的花。那么，插花是否只是为了观赏花所呈现的姿态呢？

日本可以称得上是插花之国。除此之外还有花艺，即在餐桌中央放置花束装饰。用花做装饰可以令我们的生活更多姿多彩。

自然式插花法，在平安时代便已兴起，古人会将花插入高约 50 厘米或是 1 米的瓶内，放置在庭院中以供观赏。在《枕草子》中就有描写人们将大束樱花插入瓶内的场景。兴许那时候古人并未意识到这一行为便是插花。

大约在镰仓时代末期至室町时代，人们开始留意到"立花"[1]这一插花形式。室町时代，银阁寺已建成，文化方面掀起了"文艺复兴"，而立花作为插花样式也就此固定了下来。

这一时期武士家中都建有书房，书房装饰在当时很是盛行。后来演变成通过建造橱柜来装饰书房。人们在墙壁高约三尺（约1米）处建造一个橱柜，并在橱柜中挂上三幅成对的画作，抑或是插上大、中、小三种规格的花。至此，这种独特的插花样式也固定了下来。这一插花样式叫作三尊式，用于供奉佛祖。依我之见，这种插花样式当然包含此意，但此外可能还有另一层意义。人们装饰房屋时在橱柜上放置花，这不就是上文所说的"花中花"吗，将不可见的全宇宙藏于此处。时至今日，当人们在橱柜上放置一朵花，便会感受到大自然的气息。

自室町时代开始，"立花"这一插花形式随着时光的流逝不断改进，到元禄时代迎来鼎盛期，出现了许多记载了各种各样规矩与方法的著作。以池坊流派为主的"立花"也开始在全日本盛行起来。到了江户末期，文化甚是丰富。许多平安时代的宫廷艺术再度复兴。"立花"十分注重形式，这便是它所具有的仪式感。后来，出现了以书法中的真行草命名的插花样式，此样式十分注重"格调"与"品位"。

生活于花中

我们通过以上所说的这些方式表达我们对花的喜爱之情。然而，西方

---

[1]　立花：一种插花形式，一般是以一枝直立的松、梅或柏树枝为中心，四周辅以其他花枝组成。

人寄托在花上的情感与日本人截然不同。无论是室内装饰还是插花，都有很大区别，其对于花的喜爱之情也自是不同。

我并不是日本特殊主义论者，认为世上人人皆同。西方的古代典籍中曾提到古巴比伦的空中花园。我曾前往古巴比伦遗址，那里已是一座泥砖山，有价值的东西早被德国探险家带走了。现存几处土丘，从现有的情况看，古时的空中花园应是人工花园。想必西欧现在的花园也是人们房屋的必备之物。西班牙的阿尔罕布拉宫如今虽然不复旧貌，但也曾是一座华丽的花园，我们无论前往何处都会发现花的身影，花就在我们周围。若是以人类的角度出发，花是装饰物，或是环境的一部分，但我并不想如此看待花草树木。

其实倒不如说是我们生活在花中。回顾以往便会发现，我们早已在花中花的世界里呼吸。蓦然回首，原来我的脚下、手旁早已被花占满。即便是冬季道旁枯萎的树木，人们亦能品味其生命的意义，并期望来年春季它能迸发新芽。以上便是日本人理解的自古以来的人与自然之间的关系。日本人的这种想法在全世界都极为少见，我希望世界其他地方也能试着这样思考。

日本人一直维持着用心观花的想法、感触，这应是日本所特有的、极具东方特性的思维。

在佛教中常会出现花的身影，而亚洲又盛行佛教，故花在亚洲很常见。例如在印度，人们举行各种仪式时，常会撒花。同样，在节气、岁末、新年等诸多时间节点上，人们早已养成了一种习惯，使用花、思考"花中花"、反思人生。希望人们能一直如此，生活在花中。在花中窥探心灵之花，这便是本章开头所提到的花祭的意义。

一月

松

迎接新年时想到的事

在我幼年时，每当临近岁末便总会听到一首名为《再过几日便是新年》的歌曲。除此之外，另一首歌曲唱道："立起松竹来，家家户户庆新年，把酒看今朝。"这句歌词喜气洋洋，满是喜迎新年之意。

此外，每当提及松，我眼前便会浮现以往的影像。那时我还是一个少年，听他人说体弱之人搬到沿海之地为宜。于是，我便在因"高砂之松"闻名的海村暂住了一段时日。那里有海浪、长长的沙滩以及看不到边际的松树林。每当海风吹过，松树林便会发出一片松籁，宛若从天边传来的回声。那里的松露带有扑鼻的芳香，人们常采摘白色的松露。然而如今，当人们行驶至须磨、明石、山阳山阴地区的沿海线时，眺望窗外所看见的并不是松林，而是延绵不断的工厂。想必海岸沿线的松林已经不多了吧。

思来想去，在日本所生长的植物之中，最具"格调"与"品位"，堪称植物之王的便是松了。松乃"岁寒三友"的中流砥柱，对日本人来说，无论各地有什么习俗，在新年时，各家皆会用松来装饰。在日本的传统乐曲、地方歌谣、筝曲、长歌等乐曲中，松、竹、梅常被用来表达祝福之意。

本书的主题是"花之旅"，此处也就说说花与松之间的关联。松树属于常青树，其深绿的树叶、树的整体形态、树干的风貌皆胜过其他树木。我也曾犹豫是否要将松列入众花之中，但想到每当迎接新年时，松是不可或缺之物，最终还是将其写入了本书。

总之，松并非普通的树木，总是给人以严肃之感。我们不妨用日本美的准则"真行草"——指楷书、行书、草书——来理解，会更容易。这个准则适用于多种艺术形式和花草等植物。若说"松"究竟体现了真行草的哪方面，那应该是"真"吧，因其总给人以严肃、凛然之感。这一感受究

一月　松

竟源自何处？想必原因很多。其一是它的长寿，松总给人以长寿之感，其寿命长于人类，且似乎能永生不死；其二是因为每到冬季万物凋零，一片荒芜，唯有作为常青树的松树仍一片绿色，充满生机。人们便是透过以上两点从松那里感受到了某种充满灵性、神秘的生命力。

各种松的培育

一提起松，我们脑海中便会自然而然地浮现出其样子。但其实松树种类繁多，据说在北半球便有上百个品种。松主要生长在北半球，品种各不相同。南半球基本不见松的身影，但近年来人们也在进行松树移植工作。此外，从广义上说，广泛分布于全世界的杉树、柏树等都可称作松。在日本，最具代表性的松树品种自是黑松、赤松、五针松。黑松主要生长在海边，赤松多生长于内陆山间，而五针松则常出现在四国的石槌山系与赤石山脉的山脚、中部以北的高地之上，数量相对较少。

在盆栽中，因五针松枝繁叶茂，自古以来便深受人们的喜爱。德川家第三代将军有一松树盆栽一直存活至今，其品种独特，是在黑松上嫁接了五针松。据说在更早之前，这种在黑松之上嫁接五针松的品种便已在日本广泛流传。

我之所以了解松的种类，也是因为对培育盆栽小有兴趣。在明治末期之前，赤松是盆栽的主流，但自从人们发现剪切黑松的新芽可以使其枝叶更短小的方法后，黑松就成为主流。我曾造访过四国赤石的五针松栽培基地。傍晚时分，雾霭弥漫的山谷间耸立着二三十年树龄的松树，皆为人工培育，数量极多。当人们为其修剪枝叶时，手上会沾染上松树奇妙的香气。

迎接元旦的感触

正因为松树在日本有如此悠久的历史，所以每当迎接新年之际，家家都会以松树装饰。

新年，尤其是元旦，对日本人，甚至对世界各国人民来说，都是一个特殊的节日。于是，在日本诞生了一个习俗，即人们在这一天要前往神社或者寺庙进行一年当中的首次参拜。在西方也有庆祝新年的一系列活动，但是相比新年，西方人更加重视年末的圣诞。像日本这种大家都在这一天前往神社或是寺庙进行参拜的行为，甚是有趣。若是留意一下每年的新年参拜人数，便会体会到其中深刻的含义。我因为对此很感兴趣，所以每年都会留意报纸上报道的参拜人数。令人惊奇的是，参拜人数呈现每年略微递增的趋势。在 2001 新年前三天，参拜人数已有约八千八百万人。对此，外国人很是好奇究竟有何动机促使日本人进行新年参拜。没有人或者相关机构强制要求人们必须进行新年参拜活动，也没有人限制人们的宗教信仰。那么为什么在新年的前三天内，日本约三分之二的人口即大部分的日本人都会进行新年参拜活动呢？

身为日本人，我重新反思了这一问题，然而依旧没有得出任何答案。或许是因为在我们的潜意识中，新年参拜活动已是每年的规定动作吧。我也曾花费了较长时间翻阅大量资料，思索这一行为背后的根源。现在我基本上形成了一种想法，即新年参拜活动中蕴含着日本人的宇宙观 [1] 核心。

仔细想来，如今的公历是将日期进行累加，即 1+1+1 的方式叠加时间，以直线的形式计算时光的流逝。但在日本人心中，时间并不是这样的。日本人认为一年的十二个月形成了一个循环，时间便是一个又一个的

---

[1] 宇宙观：物质的时空观。

循环。年末是一个循环的结束。而元旦则是另一个循环的开端，宇宙重新回到初始时刻，在这一天人们祛除了上一年的污秽，净化了身心，整个世界都获得了新生。这，便是日本人对时间的认识，也是日本人进行新年参拜活动的真意。或许是因为日本人的这种时间观，才使得新年参拜活动流传至今。

仔细一想，在种植水稻的农耕文化中，以一年为周期的时间观是很容易被理解的。自古以来人们每年都播种、等待发芽、开花、结果、收获、越冬、等待来年春天，周而复始。但随着工业化生产的发展，时间的流逝与进步的速度成正比，因此人们便产生了一种新的时间观，即随着流逝的日子的叠加，人们会过得越来越好。回顾一番可知，日本文化与古希腊文化的启蒙时间观有共通之处，即要珍惜当下，珍惜匆匆流逝的时光。而每年新年伊始，这种心绪便会在日本人的心中蔓延，这在近现代国家中很少见。而这一心绪的表现形式便是新年元旦的初次参拜活动。

门松中包含的心意

那么，有什么证据可以证明在新年元旦这一天，整个世界与所有人类都会重获新生？

日本人为了迎接元旦，每年岁末会进行大扫除，掸掸灰尘、去除污垢，做好干干净净地迎接新年的准备。古时候，大约从十二月十三日起，人们便要开始为新年做准备，迎接元旦的到来。

这个时候人们会在门口摆放门松，为什么呢？民俗学者经过调查研究得出结论：门松象征着门。那么，又产生了一个新的疑问，这个门是为了迎接谁的到来呢？每年万物皆会重获新生，一切都回归原始状态，于是人们需要在新年伊始设立一道门，用来迎接当年的年神与先祖的灵魂。而这

　　　　　　　　四月樱，九月萩：花的日本美学探源

也是为了祈盼新年的丰收以及驱除厄运。在日本，人们都知道在盂兰盆节这一天里，祖先的灵魂会重返于人间。新年也是一样，在这一天，祖灵即逝去祖先的灵魂会与年神一同来到人们的家中，祝愿今年丰收，保护家宅平安。为了迎接他们的到来，人们会在门口摆放门松。

综上所述，新年与盂兰盆节的共通之处，就是逝去的祖先之灵会在此时重返人间。但不同的是，新年时年神也会随之而来。人们在新年迎来了祖先之灵与年神，一同祝愿周围的人们重获新的生命力，食之饮之，共祝新年。随后，欢送祖先之灵与年神离去。因此，新年的这一段时间也被人们称作"松之内"[1]。

那么，我们不禁又产生了一个疑问，门松到底起源于何时，其原始形式又是怎样的？因为如今门松的样式、装饰方式多种多样，我们无法凭此得出答案。在日本，每个神社都设有鸟居[2]，根据民族学调查得知，自古以来在缅甸、泰国等地也有类似的风俗。当地的人们会在圣地或是神域的入口处立两根柱子，柱子中间绑上绳子。木头柱子不一定要用松，一般就使用本地产的木材。但是在日本，这一风俗发生了变化，最后成为"门松"这种形式。在该仪式之中加入了设立松枝、迎接神灵的步骤。

如今的门松多使用竹子，有时，人们还会加入梅花添色，组成"松竹梅"的意境。而这多半是受了中国以"松竹梅"为题的水墨画的影响。这一形式的门松其实出现时间不长。从《竹取物语》等书中可知，竹子在日本乃充满灵性之物，而人们对竹子产生这种印象始于平安时代。梅花也是自平安时代起盛行起来的，早在镰仓时代末期至室町时代，已有人将梅花添入新年装饰之中。或许是因为当时的日本与南宋有所往来，于是日本人

---

[1] 松之内：新年门前设有松枝期间。一般指元旦到一月七日或十五日。

[2] 鸟居：类似牌坊的日本神社附属建筑，代表神域的入口，用于区分神栖息的神域和人类居住的世俗界。

便将"松竹梅"与日本本土文化"门松"结合了起来。

近几年，新年之际最具代表性的盆栽是红白花的混栽。简单来说，关西地区会以一棵松为中心，关东地区会以一株梅为中心，再放上石头，种上细竹与南天竹，加入一些福寿草，最后铺上白细沙代表水流，极具观赏性。此外，日本人非常喜爱在新家的室内放上一盆以"松竹梅"为主题的盆栽。这里再说些题外话，每年新年结束后，人们便会将福寿草移栽到庭院内，每到二月，那一株株健硕的福寿草便会开出朵朵黄灿灿的花儿。因为二月甚少有花，所以福寿草的花朵很受人们的喜爱。

《古事记》中的歌物语

日本原来就有松树吗？答案是肯定的，世界上种类繁多的松树中有原产自日本的品种。前面已提及，在日本，松主要分为三类：赤松、黑松、五针松，但从广义上说也包含了虾夷松等其他品种。在与松有关的每年定例活动中，它不仅用作新年的装饰物，也常用于喜庆之事上。究其原因，可追溯到《古事记》中的一首歌物语。《古事记》以叙事诗的形式记载了日本的古代史。它既是史料，也向我们充分地传达了古人寄托于松上的印象。

在日本最具代表性的英雄神话中，有一位以悲剧结尾的英雄名为倭建命。在故事高潮之时，他作下了一首咏松的和歌，这首和歌被收入《古事记》并流传至今。

直对着尾张国的尾津崎的独株松树啊！你若是个人，便叫你佩上大刀，叫你穿上衣服，我的独株松树！

这便是日本最早的歌颂松的和歌，此处歌颂的是一棵孤独耸立于尾张的松。倭建命将自己的刀埋藏于尾津海角处一棵松树的根部。这棵松树为其守护了宝刀，他深表感谢，不禁对着这棵松树说："你若是个人，便叫你佩上大刀，叫你穿上衣服。"

那么，为什么这个故事中会出现一棵松树，他又什么创作了这首和歌？仅通过上述内容，我并无法理解其中缘由。所以我决定打开想象的大门，回顾一遍故事的前后背景。我发现倭建命的故事常令读者印象深刻，而这首和歌只是故事中的一部分。

这个故事是一个典型的英雄传说，故事中的倭建命想要一统日本。他受父亲景行天皇之命平定了日本的西部地区，随后又要去平定日本的东部地区。疲于长期战争的皇子不禁发出一声感叹："父亲这是要我去送死啊。"随后，他再次奔赴战场。虽兵力不足，也只能继续战斗。当他身处足柄坡时，哀叹道："呜呼吾妻。"倭建命与美夜受比姬虽已完婚，但他婚后便立马奔赴战场。他前往伊吹山，立誓要徒手打败此山之神。也不知是想要生擒神灵还是一时鬼迷心窍，他居然将自己的刀藏在了松树下。当他攀登伊吹山时，遇到了一头体形如牛般庞大的白色山猪。他以为此猪只是神灵的使者，决定留待返程之时再杀。随后便无视山猪继续攀登伊吹山。哪知，猪是山神的化身，山神见他如此轻视，便召集天空中的云朵，降下冰雨，使他难以前行。最终，倭建命耗尽体力，疲惫不堪，几乎动弹不得。他半死不活、跟跟跄跄地走到了关原玉仓部的一处清泉旁。

腿脚僵硬、拄着一根拐杖的他就这样来到了一棵松树前，松树下所埋藏的宝刀原封不动地出现在他眼前。他不由自主地与松树交谈起来："你若是个人，便叫你佩上大刀，叫你穿上衣服，我的独株松树！"这一句描述体现了他想要与松并肩作战，并打算将自己的身后事托付于松的心绪。倭建命，这位孤独惨败的英雄居然将自己最后的嘱咐寄予这株松树。

随后，他途经三重县，来到了熊烦野。此时，他思念起了远方的家，不禁吟道："大和是最胜的地方，重叠围绕着的青的墙垣，围在山里的大和真美丽呀！"紧接着，又叹道，"可爱呀，从我的家乡方面，升上来的云气！"此时，倭建命病甚急，故吟道：

在少女的床边，我放下来的那佩刀啊，那个刀呀！

吟完此歌，倭建命就去世了。这首和歌中的少女指的是美夜受比姬，倭建命在前往伊吹山之前与其完婚，并将草雉剑交其保管。自此，倭建命只能将想要掌控自己命运的愿望寄托于一把名为"疾"的大刀上。然而，据说当时那棵松树下所埋的是另一把大刀。总之，倭建命对于妻子的爱恋以及寄托于松树上的嘱咐与这把大刀同在。最后，"神灵化为八寻白鸟，飞翔天空，向着海边飞去"。

这位皇子死后化作了白鸟，而这棵松却将永久生存下去。对于倭建命而言，他知道这棵松会继续永久生存下去，故他想要其如人类一般，继承他的意志，代他而活。《古事记》的作者通过将永恒的生命与即将死去的倭建命作对比，以此来突出身为灵树的松。这位高贵又凄惨的英雄，除自己的妻子之外，能交心的，也就只有一棵松树了。

此外，还有一点值得一提，就是皇子化作白鸟在天空中翱翔一事。这一内容便是人们所知道的白鸟传说。倭建命虽已死去，却化作了白鸟。若说这个死亡与重生的传说赋予了松树神圣之力和奇妙又神秘的生命之力，那么倭建命的悲惨结局与他的光荣一生以及重生后的样子也就很好理解了。

可以说，倭建命的英雄传说象征了许多在历史上未曾留名的皇子与王族中的武士。此外，白鸟也常被人们当作少女的化身出现在世界各地的神话中。它自遥远的幸福国度而来，随后又因思乡离去。在希腊与北欧的《埃达》[1]一书中便出现了白鸟的身影。此外，在部分传说中，白鸟也可是男性的象征，例如《白鸟骑士》。还有，瓦格纳[2]的名作《罗恩格林》[3]中也有白鸟的传说，其内容是一只白鸟在临死前发出曼妙的啼鸣声。世人将此诗看作是讴歌辞世伟人之作。

《万叶集》中的结松

《万叶集》中也有许多歌颂松的和歌。相传有八十余首，多数表达了对长寿者的祝贺之意。松树永恒的绿色，蕴含着持续拥有能量的祝福。

接下来介绍几首引人入胜之作。

> 茂冈神立地，千代定繁荣。万载苍松树，不知岁月更。[4]（纪朝臣鹿人，卷六，990）

这首和歌属于典型的"万叶调"[5]，极自然地歌颂了人们对松的向往之心。松树在历经万千岁月之后，依旧笔直地矗立着，其叶青翠欲滴。在日本，有"千年杉"一词，而在这里则是"万载松"。在我们看来，松树仿佛有着永恒的生命，想必它在历经了如此漫长的岁月后已有了某种灵

---

[1] 《埃达》：冰岛史诗，是中古时期流传下来的最重要的北欧文学经典，也是在古希腊、罗马以外的西方神话源头之一。

[2] 威廉·理查德·瓦格纳（1813—1883）：德国作曲家，著名的古典音乐大师。

[3] 《罗恩格林》：瓦格纳创作的一部三幕浪漫歌剧。

[4] 译文取自杨烈译本《万叶集》（长沙：湖南人民出版社，1984年）。

[5] 万叶调：指《万叶集》中的短歌风格，表现为质朴、真率而感情浓重，现实性和直观性较强，较少重视形式和技巧。它与"古今调"和"新古今调"，称为短歌的三大风格。

性。"茂冈神立地,千代定**繁荣**",我对于这句和歌感触颇深。这首和歌中出现了"神""繁荣"等词语,透过它们可知,松于我们而言不仅有长寿之意,且其早已与神灵密不可分。此外,和歌中的"立"字也甚是精妙。

> 群花皆散落,松树永如常,愿结松枝上,祝君寿命长。[1] (大伴素祢家持,卷二十,4501)

在这首和歌中,写明了百花会随着季节的变换而枯萎,但松树却四季常青,故人们才会"愿结松枝上"。此外,人们将愿望结于松枝上这一行为称作"结松",在日本很流行。结松常出现在各种不同的场合,想必这种行为本身就蕴含着某种深意。若非如此,为何日本人都执着于结松这一行为?

据辞典记载,将松枝打结这一行为属于日本古代咒术之一,人们通过此行为将自己的魂魄与松枝产生关联,借此来祈求平安。同时,结松也常被人们视为达成约定或誓言的标志。结松常被人们用于此般世俗之事上,但它有时也被人们寄以深意。

例如,日本古时有一悲惨人物名为有间皇子,在《万叶集》中便有一首由他所作的挽歌,名为"有间皇子自伤结松枝歌"。

> 磐代之松,兹结其枝;苟我有幸,还复见此! [2] (卷二,141)

有间皇子之父薨后,即齐明天皇四年(658 年)十一月五日,皇子以意图谋反罪被捕,被押送至纪伊的牟娄温泉。同月十一日,于纪伊藤白

---

[1] 译文取自杨烈译本《万叶集》(长沙:湖南人民出版社,1984 年)。
[2] 译文取自钱稻孙译本《万叶集精选》(上海:上海书店出版社,2012 年)。

　　　　　　　　　　　　　　　　　四月樱,九月萩:花的日本美学探源

坡被处以绞刑。相传这一切是中大兄皇子[1]为陷害苏我赤兄[2]设下的陷阱。随后，这一切被世人揭发，慌乱中，于七日之后匆忙处死了年仅十九岁的皇子。押送一行人在前往目的地途中路经了磐代的滨松，预感自己大限将至的皇子在此地结松并吟道："苟我有幸，还复见此。"意思是如果能有幸活着回来，希望能在归途时再见此松。

年少的皇子在权力争斗中被诬陷致死，令人怜悯。当我们带着这样的心情再读这首和歌时，心中便会产生几个疑问，为何他选择与松树倾诉，又为何结松？虽说他盼望"还复见此"，但当时天皇家与苏我氏之间的争斗愈演愈烈，在如此动荡的局势下，他应该早已知道自己无法生还。还有一种说法称，当时的有间皇子已经知道自己危在旦夕，所以在装疯。

神话世界中的语言

对于这首和歌，我在意的是皇子在结松这一行为上所寄托的深意。在日语中，"松"读作 matsu，人们常将其与"祭"（matsuri、matsuru）联系起来，认为松是神灵现世化身，具有与神同等的灵力。此外，"松"还与"等待"的日语发音相同，此处一语双关。这首和歌的最后一句，也可以理解为有间皇子只是想要让松树等他归来。

那么，这位十九岁便在孤独、愤恨中死去的皇子为何还要结松呢？

"结"在日本古代有着特殊的含义。在《古事记》的创生记中，"生、产"二字的日语发音与"结"相同，表示生长、孕育。日语中的"儿子"（musuko）"女儿"（musume）便由此而来。在日本创生古代神话中，最

---

[1] 中大兄皇子（626—672）：后来的天智天皇。

[2] 苏我赤兄（623—不详）：飞鸟时代政治家，据说诱使有间皇子谋反，其后又告发了皇子。

早出现的是天之御中主神（天之大人），随后又出现了高御产巢日神与神产巢日神。"产巢"读作"musu"，本居宣长[1]称其为"万物的孕育"。而"日"则等同于灵，表示万物生长之奇迹，即世间万物皆会自然孕育而生。而"产灵"则是创造出"世间万物皆自然而生"这一奇迹的神灵。至此，世间万物方逐渐显现。

"结"乃是一种能力，它孕育了世间万物，是全世界生命之源。它并非凡物，故我们无法理解其中之奥妙也情有可原。我们不妨将"结"看作"创造奇迹的神灵"，或是"奇妙灵性的表现"。

自然孕育而生……如此一想，也并非不能理解有间皇子结松的缘由。通过将松枝打结，即结松这一行为，我们可以深切地感受到有间皇子强烈的生存意愿。他想要将自己与宇宙之根源，即具有极长寿命之物关联起来。而男女之间的"结"，即誓约亦是如此，人们意图将自己委身于超越人类存在的巨大生命体中。

这一套语言放在神话世界中无半点不妥。结松寄托了人们想要超越生死、获得永生的心愿。依我之见，这首和歌便表达了此意。

据说"musu"与"结"（发音也是 musu）的词源并不相同，但后来两者合二为一，在日本古代咒术与习俗中有祈福、发誓之意。所以"结"中蕴含了人们对生命的祈祷也就不难理解了。

古典文学作品中的松

松是常见之物，故在众多故事与和歌中常有其身影。《古今和歌集》

---

[1] 本居宣长（1730—1801）：日本江户时期的国学四大名人之一，是日本复古国学的集大成者。提倡日本民族固有的情感"物哀"，为日本国学的发展和神道的复兴确立了思想理论基础。

的《假名序》中便写道，和歌所蕴含的语言威力将如松一般永存于世。

　　纵然时事推移，荣枯盛衰交替，惟和歌长存。（略）如松枝永不
凋零，（略）借此通晓和歌，得其歌心者，如仰观太空之月，思古抚今，
不亦乐乎哉！

　　此外，《伊势物语》《今昔物语》《和泉氏部日记》等散文以及《枕草子》
中亦有松的身影，其中尤以五针松最甚。在当时，五针松已是观赏植物。

　　树木是枫，五针松，柳，橘。（三八）
　　画起来看去更好的东西是，松树。秋天的原野。山村。山路。
（一〇四）

　　在《枕草子》中，先写了不开花的树木中，以枫树、五针松、柳树、
橘树为佳。而后，又在画胜实物者中列举了松树等物。
　　《徒然草》中也有松的身影。

　　宜于家宅所植之树：松与樱。松以五叶妙、樱以单瓣美。八重樱
往昔唯奈良之都曾有，近时各地已多。吉野之花、左近之樱皆单瓣。[1]
（第一三九段）

　　这里还顺便介绍了吉田兼好[2]喜樱一事。

---

[1]　译文取自王新禧译本《徒然草》（北京：北京联合出版公司，2018 年）。
[2]　吉田兼好（1283—1352）：又称兼好法师，南北朝时期日本诗人（歌人）。

不知各位在阅读此书之前是否知道五针松？它作为庭木之一极为常见，但想必还是有人不了解五针松，所以先在此说明一番。松叶一般可分为两股，即二叶松。但五针松却有五针一束的针叶，其叶短小，甚是有趣。

在众多的诗歌以及书画中，松常与各种风景组合在一起。

最早歌颂松的是汉诗，其后受汉诗集《怀风藻》的影响，和歌也开始歌颂起松来。从《古今和歌集》到《新古今和歌集》，突然兴起了国风，即大和歌。据研究人员表明，在"敕撰二十一代集"中有八百二十余首咏松之作。由此可知，在当时松极受世人喜爱，故常咏之。在《古今和歌集》中便有十二首咏松之作。

> 我心永不变，若违此誓言，波涛越过末松山。（1093）

在《新古今和歌集》中也有十八首咏松之作。

> 清晨末松山，朝霞映满天。形若漫山涛，渐褪露拂晓。　藤原家
> 隆朝臣（37）

末松山位于陆前国宫城郡，自古便是和歌中歌咏的名胜古迹。"朝霞映满天"这句描写了朝霞显现时的朦胧天空。同时，"末松山"是这首和歌的枕词，而既然提到了是松山，自然不可能只有一棵松树。由此，一个文学世界中的空间便建立了起来。在我心中这首和歌描绘的景色是这样的：在辽阔的大海对岸，一片松树林清晰可见。或许是受自己心中所呈现的景色影响，在我看来，远离海岸的松山等同于远离凡尘的世界。对日本人来说，此处恰好是想要遁世、逃离世俗之人的乌托邦。因此，我们可以感受到"末松山"的后面便是彼岸之地，而"末松山"恰巧是生死两界的边境，是圣

俗交界处。远方浮现在朝霞中的末松山就像是难以翻越的圣山。

接下来再介绍两首和歌。

> 住吉大社旁，一派松林景，月光还未至，秋风已拂过。　寂莲法
师（369）

月光照不进林内，唯有秋风拂过，身上已是一片冰凉。

> 风吹峰上松，其声簌簌响，月光照此景，更显孤寂寥。　鸭长明
（397）

风吹松树时发出的声响比松树本身更孤寂，这首和歌展现的便是这样
的心境。

《源氏物语》中的咏松之作

在《源氏物语》中，无论是文章还是和歌之中皆有松的身影，全书共
有四十处描写与十八首和歌。首先我们来看看和歌，在"明石"一章中，
紫姬作有一首和歌。

> 山盟海誓如磐石，海水安能漫过山？

紫姬所作乃是以《古今和歌集》中的这首和歌为原型的：

> 我心永不变，若违此誓言，波涛越过末松山。

同时，在"浮舟"一章中，薰大将也作了一首和歌。

妄想美人盼待我，不知波越末松山。

此外，在文章中也常出现松的身影，尤其是通过松籁描写一番凄凉之景。

时候已过夜半，风渐渐紧起来。茂密的松林发出凄惨的啸声。怪鸟作出枯嗄的叫声，这大概就是猫头鹰吧。源氏公子想来想去，四周渺若烟云，全无声息。（《夕颜》）

还有一段有关风的详细描写。

八月二十过后，有一天黄昏，夜色已深，明月未出，天空中只有星光闪烁。夜风掠过松梢，其音催人哀思。常陆亲王家的小姐谈起父亲在世时的情况，不免流下泪来。（《末摘花》）

虽说松有祝贺之意，但在这些文学作品之中，松似是拥有强大的灵性，人们常通过描写松籁来展现当时的感受。此外，说些题外话，在《源氏物语》中还有许多描写紫藤花的场景，而紫藤花与松有着非一般的关系。

能剧舞台上的松

接下来必须讲讲日本的另一项传统技艺。

在日本，与松有关的能剧、狂言约有二十五部，这里就不逐一介绍了。

值得注意的是，在能剧舞台正面的壁板上定会画着一棵老松树。无论能剧、狂言的内容是什么，背景中的松树一直都在。不过，松树并不是一味的老松姿态，它会随着能剧舞台的变换而发生变化。而且，从后台至舞台的这条道路上，也设有三棵等距的小松树。

以上便是能剧舞台的基本样式，不变的是舞台上那棵极具象征性的松树。有传言称这一传统源自丰臣秀吉。在建造桃山城时，他亲自在舞台的壁板上画了一棵"影向之松"。但据书籍记载，此传统应始于更早时期。话说回来，能乐堂这种屋内舞台形式本就是明治之后的产物。

直至今日，依旧有众多在户外演出的能剧，例如薪能 [1]。而能剧作为祭礼首次出现在众人眼前是在保延二年（1136 年）九月二十七日，当时关白藤原忠通 [2] 在奈良春日若宫祭上通过能剧祈祷无灾无难、五谷丰登。

古时，人们在若宫 [3] 神居之地载歌载舞欢送神灵离开，这便是能剧的起源。每当十二月十六日，人们会于夜晚时分关闭所有灯光迎接神灵降临神舆，之后的十七、十八两日则举行各类活动。

我年幼之时，曾有幸参与这一活动。那仪式的神圣感与追思远古之情，让我至今都难以忘怀。十二月十七日，五百余人由春日大社鸟居出发，列队走在大道之上。在出发前，人们会在鸟居下面对"影向之松"，于松树之下举行有关仪式，而这棵松树便是春日大神降世之身。从事传统技艺的人们成群结队地向神灵献上与其技艺有关的表演。当一行人到达临时搭设的舞台时，太阳早已下山。此时，舞台周围已放置了一圈篝火，篝火中的树木发出燃烧爆裂之声，熊熊燃烧的火焰驱赶了黑暗。舞台上，东游、神

---

[1] 薪能：指夜晚在野外设置舞台、点好篝火，然后进行表演的能乐。

[2] 藤原忠通（1097—1164）：日本平安时代公卿。藤原北家出身，摄政藤原忠实长子。官至从一位摄政关白太政大臣，世称法性寺殿、高阳院，法名圆观。

[3] 若宫：供奉祭神之子的神社。

乐、细男、舞乐、猿乐、倭舞等各类古代技艺相继上演，一直持续至深夜。在那个夜晚，我有幸观赏了一首名为《罗陵王》的舞乐。舞台上表演者那振臂一挥时的指尖、在"影向之松"的树枝间熠熠生辉的冷月，至今仍历历在目。

那一刻，松树投下的阴影、月亮、神、火皆凝聚在一瞬之中，绘出了一幅永恒的画卷。唯有篝火中树枝爆裂的声音撕裂锐利的夜色。

祝贺与宿命

通过诸多故事、和歌，我们可以了解到日本人寄托在松上的情感，也可以感受到有关松的描写之广泛、深奥。为了方便各位读者更好地理解日本人的爱松之心，此处小结一番。

松树因其四季常青又很长寿，故常被人们看作神树，认为其代表着喜庆，同时又有格调、充满仪式感。但是，也有人如倭建命般将自己的悲哀之情寄托于松树之上。此外，在日本"结松"具有某种灵性，可谓日本神话的根源所在。当我们读了一些短歌之后，便会发现其中不仅歌颂了松，更多的是歌颂松籁与月光，其中又以松籁居多。通过这些短歌，可以感受到松荒凉的另一面。这或许就是大自然原本的面貌吧。大自然中满是生机与坠入爱河的欢喜之心，与此同时，这些情绪所形成的力量又影响着人类的宿命。松蕴含着强有力的生命的本质。粗糙的树皮会让人联想到历经沧桑的年轮，翠绿的枝叶又给寒冬增添了一抹颜色。

在松中暗含着一种既神秘又神圣之物，那便是日本特有的灵性，亦可称为"随神"。

二月

梅

梅的季节

每到二月，便会听到日本各地传来的与梅有关的消息。从二月上旬开始，我院内的梅树也依次开放。梅花开花的状态与品种有关，例如加贺梅、甲州野梅这类耐寒能力强的品种总是零星地开出几朵小花，而丰后梅则根本不会开花。

与此相反，梅树盆栽倒常是早早便盛开了。其实，我最早培育的盆栽便是梅，而它也是我沉迷于盆栽的契机。正月时，城市中最常见的装饰便是松竹梅与红白梅之类的盆栽。某年，在商场闲逛的我，偶见有卖梅树盆栽，便鬼使神差般地买了下来。随后，我将其放置在房屋内，哪知其花蕾逐渐壮大，最终竟开出了绚烂的花朵。由此，我明白了它不同于庭院中的树木，似乎有某种独特的魅力。此后，我便开始不断地购买梅树盆栽。

造访太宰府

二月恰巧是日本的考试季，各地学子们纷纷前往神社等地祭拜保佑学业的神灵。东京附近有许多的天神，例如龟户天神、汤岛天神等。但提及梅与神之间的关联，日本人往往立刻会联想到位于福冈的太宰府天满宫。这是因为此处天神的神纹便是梅花。

在日本，一提及天神人们便会想到菅原道真 [1]。为了感受一下菅原道真所到之处 [2]，我决心前往福冈的太宰府天满宫。

公元 6 世纪，日本与朝鲜半岛发生了军事冲突，日本皇室在福冈修建

---

[1] 菅原道真（845—903）：日本平安时代中期公卿，学者。长于汉诗，被日本人尊为学问之神。
[2] 太宰府天满宫祭祀菅原道真，同时也是菅原道真的墓地。

了一处住所，这便是太宰府的前身。天智二年（663年），白村江之战战败后，日本皇室迁至太宰府。据说迁居之时，《飞鸟净御原令》[1] 已基本完成。自古以来，福冈作为通往亚欧大陆的门户，在政治与文化中都发挥着极其重要的作用。在当时，福冈是极其重要的文化之城，甚至有人将其称作小京都。当时的福冈已满是鳞次栉比的建筑，且城市之中居住着大量官员，在当时算是一座国际大都市。

当我踏上前往太宰府天满宫的路途时，恰巧天晴，许多旅游团的游客正漫步前行。他们的喧闹之声打破了街道的平静。我虽不知他们来自何处，但可以推测是亚洲国家。他们使用的不是日语，细细一听，可能是中国、韩国等地的旅行团。据说此处已被外国旅行团列为旅游景点，所以有源源不断的旅行团造访此处。

借由此事追思千年前的历史，我深深感受到此处便是亚欧文化与日本文化的交点。

在太宰府天满宫中有一株梅树名为飞梅。这棵梅树与在太宰府中流传的菅原道真的故事息息相关。菅原道真闭门隐居之后，于延喜三年（903年）离世。相传他在离世两年前的正月二十五日被贬，必须在二月一日前迁出都城。《大镜》[2] 记载了迁居之日的情况。

菅原道真甚感悲伤，突见庭院中梅花已开，不禁吟诗一首：
若有东风至，花香飘我处。物是人非时，愿梅仍常开。

---

[1]　《飞鸟净御原令》：日本历史上一部重要的法令，由日本天武天皇在681年着手制定，天武天皇去世后，其皇后鸬野赞良即位，是为持统天皇。持统天皇对《飞鸟净御原令》进行了修改和完善，于689年正式施行。《飞鸟净御原令》被视为日本正式进入封建社会的标志。
[2]　《大镜》：日本平安时代后期（白河天皇院政期）完成的一部纪传体历史书。

菅原道真看见庭院内盛开的梅花，感慨万千，创作了这首诗歌。相传菅原道真到达太宰府后，那棵梅树因对其心生仰慕，便飞至天满宫并在此扎根。

这个故事乍一听荒唐至极，但据说在当时种植带根的树木乃是一种仪式，人们用此占卜吉凶。也有人说是曾经受过菅原道真恩惠的人为了报恩而将此树移植至此处。但我仍愿意相信是梅树之灵飞至此处并扎根。

为了确认这棵梅树的正确位置，我来到了天满宫的拜殿前。当我面对拜殿时，发现飞梅就在右侧，周围设有一圈栅栏。飞梅并非红梅，看上去像是白梅，但其花朵似乎又不是纯白色。据宫司所写的介绍，飞梅的花朵虽然看上去是白色，但白中又带着淡淡的红色。

梅树，即便遇火被毁，之后其根部依旧会迸发新的萌芽。正因为梅有着顽强的生命力，才能存活百年以上。想必如今见到的此树与那棵原始飞梅已隔着十代有余。而且，据说天满宫中每年开花最早的梅树一定是飞梅。

每年二月一至，天满宫内便如同梅花的海洋。相传这些梅树皆是来此参拜的人们供奉的。于是，不知不觉间天满宫内早已满是梅树。在经济尚景气的时代，人们向天满宫供奉梅树这一行为本是一种仪式，有志之人会与亲朋好友一道来此种植梅树，并以此供奉神灵。我造访天满宫时，时间尚早，据说再过一段时间才是梅花的花期，但我已感受到了梅在天满宫的地位。

梅文化的由来

梅花似乎在日本随处可见，但据说它源自中国。有关日本樱花的由来众说纷纭，但世界普遍认为其源自日本。而有关日本梅花的由来，虽然有人固执己见，但世界普遍认为梅是在8世纪左右随中国文化一同传入日本的。

中国自古便有关于梅的文化，正如古籍《诗经》中的"摽有梅"所吟诵的那般，在春季歌会上，男女通过在梅林中互投梅子，互订终身。此外，汉诗之中咏梅之作甚多。想必梅便是与相关的文化、品梅、与梅有关的活动一同进入了奈良贵族阶级的生活中。简言之，梅是与汉诗等一道作为文化产物传入了日本。所以在《古事记》《日本书纪》中并未出现梅的身影。日本古籍中有关梅的文字记载最早源自天平胜宝三年（751年）撰写完成的汉诗集《怀风藻》，其中有一首葛野王的五言诗，题为《春日赏梅莺》。

聊乘休假景，入苑望青阳。

素梅开素靥，娇莺弄娇声。

对此开怀抱，优足畅愁情。

不知老将至，但事酌春殇。

此诗描写了庭院之中的梅与莺，即于梅花之中依稀传来莺鸟啼叫之声。葛野王在庭院内漫步之时，不知何时陷入了沉思，彼时心情舒畅，亦忘年岁几何，只欲悠然自得地小酌一番。

诗歌之中所述情景美哉妙哉，然而结合之前在"菊"一章所说的有关中国诗歌的部分可知，此诗是模仿、借鉴汉诗的产物。这首诗借鉴了隋朝诗人江总的《梅花落》，同时又引用了较多《兰亭集序》中的语句。诗集《兰亭记》乃是东晋名人王羲之所撰，收集了诸多文人墨客的作品。对日本来说，当时处于中国文化传入的鼎盛时期，人们都在拼命地吸收中国文化知识，而梅成为这一时期的象征。

从《万叶集》到《古今和歌集》

那么,《万叶集》中是否也有梅的身影?在《万叶集》中虽与樱有关的诗歌最负盛名,但从诗歌作品的数量来看,咏梅之作多达一百一十四首 [1],仅次于萩,位列第二。奈良贵族文化虽早于万叶时代,但直到万叶时代人们方才确定了以日语书写品梅、赏梅感受的形式。

在《诗经》与《古今和歌集》的序文中都写着类似的一句话,当我们理解了绘画与诗歌中所表达的感受,方才明白如何欣赏美。诚如此句所言,其实在《万叶集》创作的年代,梅早已本土化并被人们所接纳。在中国,有一部分诗歌是在人们品梅之后所作,意在赞其味,但日本的和歌与此不同,多以赏梅、颂梅为主。

在菅原道真被贬流放之前,大伴旅人曾在太宰府召开了赏梅宴。天平二年(730年)一月,时任大宰帅的大伴旅人于太宰府召集众友人作了《梅花歌三十二首》。《万叶集》的卷五收录了这些和歌,此处介绍一两首大伴旅人、山上忆良所作和歌。山上忆良是此次宴会的客人,他在宴会上吟道:

> 春来花发早,宿处有梅花,独自殷勤看,春光日暮斜。[2]（818）

再看大伴旅人所作的和歌:

> 我家池苑里,梅树已飞花,天上飘春雪,纷纷似落霞。[3]（822）

---

[1] 此为作者原文,中国学者一般认为咏梅作品的数量是一百一十九首。

[2] 译文取自杨烈译本《万叶集》(长沙:湖南人民出版社,1984年)。

[3] 同上。

身为主人的大伴旅人一边悠然自得地眺望美景，一边吟诵着"天上飘春雪"，正因为大伴旅人有如此心态，身为客人的山上忆良才得以沉迷于梅花美景中并想要"独自殷勤看"。众人皆在此次赏梅宴上释放了心声。

这两首和歌用词简洁易懂，例如"天上""春雪""春光"等，都很符合和歌的特点。想必此时的和歌已形成了自己的样式。

话说回来，《梅花歌三十二首》还配有序文，文中写道"天平二年正月十三日，萃于帅老之宅，申宴会也"。这篇序文描写甚是精妙，但据专家学者考证，应是作者仿王羲之《兰亭集序》等汉诗序文风格所作。那么，如何理解此处的"仿"显得尤为重要。我并不认为这两首和歌有模仿汉诗文风之嫌，虽说当时这种文风已传入了日本，但也不意味着作者只会一味地模仿。各位不妨想想日本近代小说。这些小说中虽有模仿的成分，但也在不断加入创新内容，最终作品本身的感染力还是得到了世人的认可。所以我认为，不妨将此看作一次机会，即通过此类事物了解外来文化融入他国后呈现的状态。而且在我看来，这两首和歌之后问世的作品皆满含日本人特有的思绪。

《古今和歌集》中有一首和歌乃纪贯之所作，这首作品同时还被收录于《百人一首》之中。

故地今重游，梅香还依旧，不知人心如昨否？（42）

光看字面意思，这首和歌描写的应是故乡梅花常开之景。但"不知人心如昨否"这半句又暗含深意。而这无法用言语表达的深意，其核心便是"梅香"。阅读此诗后，梅香即那股无言以表的深意便一直萦绕在心间。各位不妨再看一首纪贯之所作和歌。

四月樱，九月萩：花的日本美学探源

春风到庭前，吹开梅花插鬓边，祝君寿千年。（352）

为了"祝君寿千年"，而选择将花朵簪于发间，这种行为在前几章介绍其他花时也时常出现。前几章已介绍了"簪花"，在日本，人们常在正式场合簪花饰之，而在这首和歌中簪花是为了祝寿，和歌题为《本康亲王七十寿辰，见座后屏风而歌》，由此便知梅花格调之高。

在"樱"一章中已说过，在《古今和歌集》的时代，当人们提到"花"时，所指的并非樱花而是梅花。当时，宫中种植了许多梅树，由此可知当时人们认为梅花格调之高甚于樱花。此外，在前几章中也提到了"松竹梅"的种种内涵，说明梅花之中蕴藏着某种灵性。在万花冬眠之时，唯有无绿叶衬托的梅花点点绽放，甚是奇妙。同时，梅树那古老的枝干满是沧桑，向我们展示了自然的真相。这种真相是精神层面的，无法以人类的标准衡量，故只可意会不可言传。

天神信仰的传播

人们时常认为梅具有某种灵性，似乎具备某种超越人类的能力。而人们之所以产生这样的认知，是因为梅与天神之间有着某种关联。那么，是谁将梅与天神关联在一起的？答案就是菅原道真。他出身书香世家，幼年便能作诗，四十出头已是文章博士，随后拜任赞岐守，真可谓天才文学家。此等人物竟为梅痴狂，想必他也是因为梅暗含的不可言之灵性而沉迷。

相传菅原道真之所以流放至太宰府乃是因为他人的谗言，我也认同这种说法。简而言之，一切的根源乃是他任赞岐守时发生的"阿衡纷争"[1]

---

[1] 阿衡纷争：日本平安时代前期，发生于藤原基经和宇多天皇之间的政治纷争。

事件。藤原氏通过该事件强化了其摄政关白世家之位，而菅原道真因解决此事件有功而被宇多天皇重用。之后继位的醍醐天皇为了平衡藤原氏政治上的权力，任其为左大臣的同时任菅原道真为右大臣。右大臣一职乃是一人之下万人之上，而学者出身居于此位的，吉备真备为第一人，菅原道真为第二人。如此一来，菅原道真便成了藤原氏的敌人。也因此，他受到了藤原氏一方政治上的打压。不过，还有一种说法称菅原道真之所以被贬至太宰府，是因为文人之间的不满、嫉妒。

菅原道真的几个女儿所嫁不是皇室就是大贵族。于是，某日藤原氏突然向皇上进言称菅原道真意图谋反，妄想拥立自己的女婿即位。这引得天皇勃然大怒，两三日后便下令将其贬至太宰府。

谋反一事自是无稽之谈，但也许菅原道真也有难言之隐。他位极人臣，其女与皇室联姻。然而，菅原道真本就是一名文人，并无半分谋反之意，即便被贬依旧不怨恨天皇，一生珍视天皇所赐衣物，誓死效忠天皇。这个故事在江户时代至"二战"之前一直广为流传，菅原道真在日本人心中留下了忠义的形象。但事实仅仅如此吗？

菅原道真被流放之时，天皇不曾给予马匹与粮食。这在流放之中也属于重罚，想必他处处受到苛待。他到达太宰府之后，便终日被锁在小屋内抑郁不已，于 903 年离世，享年五十九岁。

菅原道真乃是枉死，因此民间流传着许多他化为怨灵的传说。也许在当时的宫廷之中也曾掀起一股为他鸣不平的热潮。而这股热潮的缘由，或许是因为菅原道真的突然离世，以及他悲惨的经历。此外，或许还有另一个因素，即天皇意图借此在政治上打压藤原氏。

当时天灾频现，903 年，清凉殿甚至遭了雷击。以时平为首的与菅原道真被诬陷之事有关的人员纷纷离世，且死因离奇。再加上干旱与瘟疫肆虐，百姓迎来了艰苦时期。人们皆认为这是菅原道真的阴灵在作祟。之所以有如此认知，或许是因为在世人眼里，菅原道真拥有超乎常人的智慧与学问，所以认定他是一位带着某种灵性的神人。于是世人慌忙举办祭祀活动，将他供为天神，祈求他能宽恕世人的罪孽并回归天界。

现在说回天神信仰，有趣的是，如果菅原道真并非天神，想必他的名字不会流传至今，而天神信仰想必也不会传播至此。天神与菅原道真之间有着千丝万缕的关联，我家附近就有一座菅原神社，而全日本菅原神社的数量有一万几千座。此外，值得注意的是，梅树树枝作为天神信仰的象征也一同传播至全日本。

天神信仰不同于佛教、神道，它自古以来便作为民间信仰存于世间。农作物等往往受自然影响极深，而自然之中既有对人们有益的日照、雨水，也有可能会对人们不利的暴风雨。因此，针对雷与风，人们创造出了雷神与风神。自然既有破坏之力，也有丰收之力。自古人们便有着对于自然的信仰。自然虽能令农作物成熟，也能突然在世间掀起瘟疫、暴风雨。这种信仰一直存在，日本与中国等其他国家一样，都将天神与雷神、雨、河、蛇联系在一起，敬畏不已。

在这种信仰流传于世的背景下，菅原道真蒙冤遭难时的满腹遗憾更为凸显。因此，天神信仰还可称作怨灵信仰。而像菅原道真一样，以个人怨恨之力左右自然的现象被称为御灵信仰。直至现在，御灵信仰早已成为日本人的基本信仰之一，其主要内容为通过举行神佛调和的庆典来镇压引发天灾以及疫情的怨灵。这种信仰在汲取了天神信仰之后开辟出了一条属于自己的传教之路。在御灵信仰中，人们将菅原道真奉作御灵神，以此消灾免难。

中国文化的二次传入

中国传入的梅之所以能迅速渗透日本各地，还有一个十分重要的契机。

之前已提到，梅花作为中国文化的代表，借由对接亚欧大陆的窗口——太宰府传入日本。但其实历史上还有一个时期也有大量中国文化传入日本，这便是中国的宋元时期。

彼时，南宋不断受到北方蒙古政权的打压，同时有大量学者与僧侣于镰仓时代至室町时代涌入日本。于是禅宗获得了新生力量，五山即五座规模较大的禅寺获得了世人的认可。临济宗高僧、五山中天龙寺的开山鼻祖梦窗疏石国师因其在建造西芳寺（苔寺）庭院时展现的优秀才能而闻名于世。

五山之中盛行中国文化。在当时，人们甚至用中文进行问答。于是，有一个问题摆在人们眼前，即禅宗如何与日本现有的信仰融合。为了解决这一问题，渡唐天神应运而生。相传天神曾前往唐朝，在径山上拜在禅宗大师无准和尚门下学习禅宗，之后继承其衣钵回到日本。因此，祭祀渡唐天神在五山禅僧中很是盛行，随后在日本各处不断传播开来。彼时，人们描绘了多幅渡唐天神像。但此前人们并不了解天神的样貌，自然也没有相关画作留存于世。

一般来说，渡唐天神并不作武士装扮，而是以文官、官僚、官吏之姿示人。虽名为渡唐天神，但他并未着僧袍，而是穿着文人墨客般的道袍，手持梅枝站立。只要不是坐着，必定手持梅枝。由此，梅枝成了渡唐天神的标志性象征之一。

在一部分人看来，这便是民间信仰的圣像画，相当于基督教中的圣像。至此，日本民间信仰首次有了统一的形象。

文艺、工艺领域中的梅

在室町时代，天神信仰已渗透至全日本贵族阶层，到了桃山时代，天神菅公即菅原道真的传说传至民间并广为流传。从桃山时代到江户时代，随着时间的推移，有关天神与飞梅的传说很受世人的喜爱。于是，在民谣、歌舞伎等各类文艺作品中开始不断出现梅的身影。

日本有一首十分有名的谣曲，名为《钵木》。这首民谣所讲述的故事始于某个雪夜，一名游僧请求在落魄武士佐野源左卫门常世的小破屋内借宿一宿。其实该游僧乃是前执权者北条时赖[1]。佐野源左卫门常世命妻子将其迎入家门，端上栗子饭供其食用，并将自己珍爱的梅树盆栽砍作柴火供其取暖。佐野源左卫门常世一家因财产被族人侵占而陷入贫困，他向游僧诉说了自己想要去镰仓闯荡的志向。之后，镰仓向日本各地召集武士时，他便身着简陋的铠甲应招而去。北条时赖为了表示感谢，还伐木取暖之礼，将佐野源左卫门常世应有的土地悉数归还，甚至还赠予其新的领地。以下便是关于伐木取暖一事的文字。

> 家境富裕之时，鄙人甚爱盆栽。家道中落后，自知喜爱盆栽已无用处，便悉数赠予他人。仅留梅、樱、松三盆可耐寒之物。此虽为鄙人心头好，但吾意已决，今夜定将亲手砍之焚之供卿取暖。

在家境富裕之时，佐野源左卫门常世曾是一位收藏家。而如今，他却亲手砍伐了三棵盆栽，似要斩断自己最后的一丝念想。对此，我感触颇深。于他而言，唯有瘦马一匹、铠甲一副，此外别无他物。这最后的梅树盆栽便是他的命。其实，这个故事是参照另一传说所作。相传释迦牟尼前世雪山童子在修行之时，领悟了世事无常之理。而在《钵木》的故事中，砍伐盆栽这一行为与置身山谷以求佛法相同，皆是用以表决心，人们从中可感

---

[1] 北条时赖（1227—1263）：镰仓幕府第五代执权者，北条时氏之子，北条时宗之父。

受到镰仓武士的自尊。但在故事的后半段里，佐野源左卫门常世因受北条时赖的褒奖而欢喜地重返故地，这番描写不禁令人觉得其已染上了一丝世俗之气。

此外，以《菅原传授手习鉴》为题的人形净琉璃、歌舞伎风靡了整个江户时代，掀起了一场"菅原热"。这也足以说明有关菅公的传说在日本流传之广。在江户时代，人们将菅原供为"书道之神"，日本各处的寺子屋 [1] 皆供奉着天神。时至今日，每当入学考试季，考生们都将天神当作学神，纷纷前往参拜，以求取得好成绩。

接下来简单介绍一下工艺美术领域中的梅。相传在桃山时代，人们甚是喜梅，处处可见与梅有关的图案。这一时期，梅花已经大众化、图案化。据说能剧服装上的"扇面梅纹模样"乃是丰臣（羽柴）秀吉成为长滨城主时长滨八幡宫所献之物。世人皆称这样美丽的梅花图案，不像中国的美术作品，而是日本的独创之作。

在江户时代，琳派画家甚是喜爱画梅，其中最有名的作品便是尾形光琳的《红白梅图屏风》。在该作品的左侧，作者并未画出整棵梅树，而是主要描绘了梅树枝干。右侧竖立的满是青苔的树根是此图的精髓所在。作品的中央画着蜿蜒的流水纹。仅在树枝末梢画着鲜红的花朵。梅作为一种创意图样，在工艺美术中大放异彩。话说回来，梅虽是与中国文化一同传入日本之物，但在其早期作为城市贵族文化象征之时，便已产生了独创的品梅方式，即品朵朵梅花、赏古梅枝干。在日本有一句谚语叫作"梅花三轮"，简言之便是梅花、梅香、余韵皆是梅之精华。

此处再补充一点，之前已提及，江户时代盛行园艺。在当时，梅花的品种也在不断增加，后来甚至达到了两三百种。由此可知，种梅也是当时

---

[1] 寺子屋：日本江户时代寺院所设的私塾，又作寺子或寺小屋。

的潮流之一。

　　如今，人们更喜欢静静地观赏梅花，但每当看到梅花，人们便会联想起服部岚雪的俳句"梅花朵朵相续开，暖意渐起"。由此可知，日本各处举办梅庆典的初衷始终未变，皆是为了等待春日降临。

三月

山茶

关于旅行的想法

时间飞逝，转眼间一年十二个月便过去了。在我看来，本书的目的不在于观察，而是饱览群花，放松身心。

日本人对旅行总有着某种特殊的情结。我总感觉自己从很早开始便已踏上了一段旅途，在这段旅途的终点有三位先人，我深深地敬仰他们。这三位先人便是西行法师、一遍上人、松尾芭蕉。前面已提到，西行法师以旅行为生，他为樱痴狂。一遍上人在前文中也介绍过，当出现天降花瓣的祥瑞时，世人皆惊喜万分，他却答"吾不知紫云之事，亦不知落花之事"。芭蕉也是常年在旅途中，他在《奥州小道》中写了一首有名的俳句："日月乃百代之过客，周而复始之岁月亦为旅人也。"

如果我们理解了先人关于旅行的想法，便会感悟原来"旅行"一事于我们而言，并非为了达到某种目的出行，而是为了领悟人生的真谛。对此，我也在整日思索其中的道理。随后，我又发现，原来"旅行"的目的不在于增长新知识，而是要摒弃日常生活中所附着的污秽，在旅途中不断舍弃自我，不断靠近真实的自己，这一点至关重要。因此自古以来，人们常常为了修行而踏上旅途，为了文艺与学问而开启一段旅程，在这一过程中，他们渐渐认清了自我，领悟世间万物的真相。

先人们携带的山茶

我也曾读过一些先人们有关花的游记，相较于镰仓时代那样的古代，其实在近现代也有一些人想要在旅途中探寻日本人的世界观。我有幸读到了其中一位的作品，就是日本民俗学的创始人柳田国男。

我曾拜读过他游历诸国的游记，他记录了见到的众多花草树木，阐述了古人寄托在这些花草树木中的情感。

其中，令我印象最深刻的是《山茶是春季树木》，该文章刊登在 1941年发行的《豆叶与太阳》杂志上。我本打算向各位读者展示一番柳田独特的散文诗，但限于篇幅，只好简单介绍下此文的梗概。

山茶的生长范围极广，柳田踏上旅途之后发现，在北纬四十度以北地区，连橡树、真竹都无法生长，但在此地的海岸上却有一簇簇"茂密如森林"的山茶。

位于北纬四十度以南的宫城县本吉郡的椿岛、唐桑半岛的权神社，位于日本海一侧的山形县、秋田县境内，道路两旁种满了山茶，还有自古便十分有名的女鹿关。有一座从女鹿关向海面延伸的山，名为三崎山，相传慈觉大师曾到过此处。男鹿半岛的南岸还有一处山茶海湾。如上所述，一簇簇山茶丛一直沿着海岸线蔓延分布，还包括小凑半岛的东侧以及椿明神的御宫山。

为何日本的北部海岸线生长着片片山茶丛？据说在北半球较暖的时候，此处有茂密的山茶林，后来随着气候变化，山茶林消失不见，仅剩下一簇簇的山茶丛。但是在南方，若是无人照料，人们在野外很少会看见山茶的身影。山茶既是山木，也是神木。在千百年的时间里，日本人沿海岸线向北迁徙的过程中，随身携带的不仅仅是武器、农具、农作物的种子，想必当时的人们也带着山茶的种子抑或是枝条。或许便是在这千百年间，无数的先人纷纷在海岸沿线的住处以及神社中种下了山茶，才使得它如现在这般在日本的北海岸线上蔓延。

此外，在日本中部地区的海岸沿线也有山茶的身影。那么，到底是谁将山茶的种子播撒在此？民间流传着几个有关山茶的传说，似乎能解释此问题。

居住在若狭国（今福井县）小滨市的空印寺庙洞穴内的八百比丘尼，

因食用了人鱼肉活到了八百岁。相传是她将杉树、银杏树等树木尤其是山茶枝种植于日本各地。流传至今的八百比丘尼像便是头戴花帽、手持白玉山茶树枝的形象。

山茶自古以来便有某种灵威，常被人们用来占卜前途。尤其是在雪国，山茶乃是报春树。早在《万叶集》里就用"椿"字来指代山茶。

在古时的宫中，人们为了在正月的初卯日祛除污秽、祈祷长命百岁，常常会举行献杖仪式，名为卯杖祝。山茶树枝被认为是珍贵之物，所以人们会用它来制作此杖。

此外，八百比丘尼还寄宿在山茶树上，而她之所以寄宿于此，想必与熊野比丘尼 [1]、灵能巫女的传播脱不了干系。

"市"讲述的交流、交易

在日本，一提起古代大和时代的山茶，人们便会联想起海石榴市。想必这便是史料记载中大和时代最早的"市"了吧。话说回来，我们常将"市"与城镇上的交易市场联系起来，但其实此"市"非彼"市"。"市"还出现在日本的城市名称中，例如十日市、五日市。

每当庙会之日，神社、寺庙等地便会举行"集市"，而上述含"市"的地名便源自此处。简言之，当时人们举行"集市"的初衷并非物物交换或交易，而是人们为了参加祭祀活动而自发地聚集在神社、寺庙等地。在"集市"上有载歌载舞的"神游"，也有如赛诗会一样男女参与的宴会，人们在此期间互赠礼物或是买卖物品，俨然一个集贸市场。

---

[1] 熊野比丘尼：熊野三山神社劝募的团体。据说八百比丘尼的传说正是由熊野比丘尼四处游历时传播的。

海石榴市离当时的飞鸟国首都很近，人们还可以从难波出发沿大和川逆流而上。此外，海石榴市西边有纪之川可通向纪州，东边有一条大路可通向伊势。这座城市位于大道与山路的交界处，曾是水陆交通之要塞。在《万叶集》中也曾提到"海石榴市的八十巷"。

据民俗学家折口信夫所说，山神来人间镇魂的这段时间便称为"市"。或许山神曾在此处用山茶树杖镇魂，所以此地才被称为海石榴市 [1] 吧。如同前述的八百比丘尼传说一样，山神自山间前来用山茶树杖昭告春日的到来。山茶属山茶科，四季常青，春季开花极早，或许因为这样，人们在祈福、占卜来年运势的同时常会插枝埋种。事实上，在日本各处都有将山茶供为神树的神社，有的地区甚至会用山茶代替正月里的门松。虽然上述内容皆是折口先生的假设，但我听了之后觉得受益良多。

山茶的灵力

相传平安时代的正月里，人们举行相关祭祀活动时会用到山茶枝制作的卯杖、卯槌。此外，在进入日本东北地区的羽黑修验道时，所供之花便以山茶为佳。自古以来东大寺每年二月二十三日"御取水"祭祀活动中所供之花是红白相间的人造山茶花。药师寺的"花会式"中也以山茶花供之。

由此可知，古时候的人们将山茶当作具有灵力的神树，在《日本纪行》的"景行纪"一章中便有人们用山茶树槌击败土蜘蛛的传说。

《古事记》中收录了一首仁德天皇之妻磐之姬所作的和歌，此处节选

---

[1] 海石榴是山茶花的古称。

了其中一部分。

生长着的枝叶茂盛的椿树，像这花般照耀，像这叶般广阔的，正是那大君呀！

这部分和歌中，"枝叶茂盛的椿树"中"茂盛"二字暗示了神圣之意，其内容主要是对天皇的称赞。

此外，《古事记》中还有一处内容用独特的视角阐明了山茶的灵力。雄略天皇在位时，三重的采女曾于宴会中犯下大错，但最终因献上一首《天语歌》而获得赦免。

在大和的高地，这微高的高台上，在这新尝祭的御殿，生长着枝叶茂盛的椿树，像这叶的广阔，像这花的照耀，日光高照的日之御子，请你受这美酒的贡献。这事情就是这样的传说吧。

一般认为这是一首皇后所写的和歌。《天语歌》乃是海人族驰使部所创，最后一句"这事情就是这样的传说吧"是《天语歌》的常用句式。也就是说，人们通过这首歌了解了在海人族的传承中有关于山茶灵力的信仰。此外，还有一种说法称《古事记》中之所以记录此事，是为了表明海人族归降后常凭借建筑技艺出入大和。

据说，当时海人不仅将海草、贝类、鱼类等海产品带到了海石榴市的市场上，同时也带来了与山茶有关的圣树信仰。山茶之所以能沿海路蔓延开来，正是因为一群群异乡客。因为有他们，山茶才得以在近畿、九州、四国、东北地区等沿海处自由生长。而前述说法恰恰印证了此点。

野生的魅力

《万叶集》中收录了八首关于山茶的和歌，以下是其中一首。

> 河岸排排列，大椿树树繁，春来巨势野，看了却还看。[1]（卷一，56）

"大椿树树繁"，此类句式在其他和歌中也有出现。繁茂的山茶被野山茶、雪山茶等各类野生山茶墨绿色的枝叶所淹没，唯有娇艳的山茶花令人印象深刻。

野生山茶的魅力在于其茂密的墨绿色枝叶，充满生机，即便是冬日依旧在阳光中熠熠生辉。在这茂密的枝叶中，一片片雪白的山茶花竞相绽放。这种景色观赏一番即可，但细细观之却发现山茶花中竟似暗藏着一种魔力，令人欲罢不能。硬要说原因的话，这种"生物"所持之魔力定可孕育出另一个世界。

在纯朴的万叶诗人心中早已欣然接受了山茶，他们将其加入祝词之中。于是山茶便随着祝词融入了人们的生活之中。

而且，从象征意义来看，杖也好，槌也罢，山茶在人们心中还代表着男性的性权力。

在王朝文化背景下编纂的《古今和歌集》《新古今和歌集》中并没有咏山茶之作，也许正是因为人们忌惮山茶的魔力吧。

---

[1] 译文取自杨烈译本《万叶集》（长沙：湖南人民出版社，1984 年）。

重获关注的山茶

山茶在某一历史时期曾销声匿迹，但到了镰仓时代末期、室町时代、桃山时代，它又突然受欢迎起来。当时，美术、工艺领域里同时开出了朵朵山茶花。这究竟是为什么？我并未找到准确的解释。山茶真乃神奇之物。

不过，我也尝试从不同的角度推测了一番。

其一，自古以来山茶便作为观赏之物出现在我们的生活之中，人们早已习惯了其存在，且常会摘下一两朵山茶花及一两根枝叶饰于室内以供观赏；其二，从室町时代开始，宗教有组织地吸纳了古时的咒术，而山茶身上自古以来具有的"魔力"也逐渐薄弱，成为遥远的记忆。因此，人们才能在已世俗化的山茶上重新发现另一种美。

详细说来，山茶看上去很是豪华，古时的皇家和武家常会将山茶饰于书院，人们在举办连歌、插花、茶道等室内宴会时便会用其装点室内。与此同时，对于喜欢平淡的人来说，山茶花又满是深意，那一朵朵独自绽放的花朵看上去是那么孤寂、纯粹。

然而山茶最独特的魅力是其顽强的生命力，即便只剩一两片树叶，它依旧会顽强地活下去。而这恰恰符合了日本人心中古朴的花朵形象，故那一时代掀起的山茶热不仅席卷了整个宫廷与武家，还蔓延到了江户平民中。

山茶之所以能重获世人瞩目，契机之一便是室町时代的日本受到了宋朝绘画、陶瓷设计的影响。在雪舟作流传于世的作品《山水花鸟屏风图》中，画着一朵巨大的白牡丹，旁边画着几朵山茶。此外，雪舟作的弟子也有作品仅绘有一株山茶。

江户时代的山茶热

在桃山时代，山茶常出现在海北友松、狩野山乐等狩野派画家的作品中。此外，山茶还深受琳派画家的喜爱，也常出现在古伊万里、古九谷等陶瓷器皿上。由此可知，江户时代的山茶热更贴近人们的日常生活。

源赖朝曾造访三浦三崎，他所住之处并不全是"樱花殿"，还有"桃花殿""山茶殿"，他也常举办赏花宴。那时，山茶作为国花、权力的象征，其地位无可撼动。

德川幕府时期，建造了江户城的德川家康乃是爱花之人，他在城内一隅建造了御花园。正如《江户屏风绘》中所描绘的那般，其左边竖立着数十棵古山茶树，而右边则是移植至此的各类名花。自然，御花园有其专属的园艺师。

第二代将军德川秀忠亦十分喜爱山茶，他从诸国收集了各类山茶。然而，因热爱园艺扬名天下的应数德川家光。宽永年间，日本各地的大名在上京之时纷纷献上各类植物，例如山茶、巨大的五针松盆栽，等等。

这股山茶热也蔓延到了民间。元禄至宝永、享保年间，山茶爱好者中诞生了寻找变种、创造新品种的技术人员。

德川吉宗在位时，在品川的御殿山、飞鸟山等地种满了樱花。随后的文化年间（1804—1818），牵牛花盛极一时，当时创造出了许多奇形怪状的品种，连泷泽马琴[1]看后都惊叹不已。就这样，随着潮流的变化，江户作为世界第一的园艺都市迎来了幕府末期。

在江户时代，出现了众多十分详尽的植物图鉴。例如，宽永七年（1630

---

[1]　泷泽马琴（1767—1848）：江户时代的读本作家，号曲亭马琴、著作堂主人等。著有《南总里见八犬传》等作品。

年）安乐庵策传的《百椿集》中，介绍了赤白、紫、斑点、八重、狮子笑等各种珍稀品种并分别附有简短的介绍。此外，流传于宫内厅的《椿花图谱》中介绍了七百余种山茶，宽文四年（1664 年）的《花坛纲目》中介绍了六十六种，元禄八年（1695 年）的《花坛地锦抄》中介绍了一百七十二种山茶（以上数据源自青木真一郎的《江户园艺》）。

不知此时的山茶与万叶和歌中所歌颂的野山茶究竟有何不同，山茶之美真有如此大的变化吗？

"茶花女"的名气

此外，还有一事令人惊奇不已。在元禄的山茶热潮中，西欧为了从植物种植中获利，自长崎引进了一批批名花的花苗及种子。

到了 19 世纪后期，绚烂多彩的大朵山茶在欧洲也掀起了一股热潮。法国作家亚历山大·小仲马的《茶花女》正是这一热潮的代表。该小说发表于 1848 年，次年改编成剧本。1852 年，戏剧《茶花女》首次登上舞台并深受世人的追捧。

上流社会的交际花第一次坠入了纯洁的爱情中，她为了心爱的少年洁身自好，最终牺牲了自己的生命。社会伦理与人情的冲突，绚烂曲折的内容，这一切都与歌舞伎的剧目极为相似。意大利作家威尔第看了《茶花女》后深有感触，于是创作了同名歌剧并深受好评。我们十分熟悉的《饮酒歌》《啊！梦里情人》等，便出自这部歌剧。

花、旅行与我们

从古至今，山茶在人们心中的印象不断地发生着变化，但令人惊奇的是，它始终保持着神格，却又自然地渗入世俗生活，一直伴随在我们身边。山茶随处可见，却又如此梦幻，甚至可以说能超越时空。在我看来，它便代表了"花"的真谛。

花之于我们而言究竟妙在何处？花可以无限扩散，随后幻化为语意模糊的语言，逐渐消失于虚空中。折口信夫先生曾说过，花的词源为"穗""占"，有前兆、先兆之意。这样说来，"花祭"中的花定是指稻花了，因为当时稻作文化是日本祭祀活动的中心。

花常会回应人们的祈愿给出一些预兆。所以，红叶既是来年春天的预兆，同时也是秋末的预兆。只不过，强大宇宙那待发的能源之"核（＝趋势）"，宛若满弓时的箭头，熠熠生辉，令人忽略了眼前。

在日本，自古以来在诗歌、能乐等艺术作品中，人们常将"花"当作美的真谛。在世阿弥的能乐书《风姿花传》中，有这样一句话："隐秘方成花"。这句话很好地解释了花的奥妙之处。此外，书中还有一句名言"不忘初心"，人生中的每个节点就似"时令之花"，展现了彼时的种种初心，这才是变化之中的真理之花。

若我们在一生的旅途之中，每时每刻都能通过自己的力量寻找真理并与之共存，想必真理之花定会显现其姿。

经过这一年的"花之旅"，我似乎终于明白了花之真谛。而此时，正如松尾芭蕉那般，还有新的旅程正呼唤着我。

后记

不知不觉间，我竟完成了这本以"十二个月的花"为内容的作品。

回顾以往，我与草木之缘起于家族。我的祖母很爱喝茶，在我母亲嫁入后，自我幼时，她便会一边打扫巷子一边讲述有关茶花的故事。不过令人遗憾的是，我并不记得故事的内容。

我曾与草木决斗了一番。那是在三十多年前，我正在富士山脚建造小庵，因正值夏季，我便与茂密的杂草树木格斗了一番。然后，我在这片土地上学会了与花草共生的方法，理解了花草的美。在这种悠闲的生活中，我常会收到来自报纸、杂志的约稿，于是我便开始写作有关花草的文章。之后，我出版了一本名为《而今之花》的书。随后，我又折服于盆栽的魅力，开始在杂志上连载相关文章，之后《盆栽发现》也问世了。

或许是因为此番经历，去年日本 NHK 电视台向我发出邀约，希望我能在每月第二个星期二的晚上十一点亲自讲讲关于花的故事。我向导演表示了自己的意思，我并非研究人员，无法保证每月都能有空录节目，也不知道何时会失去干劲。导演表示无须在意，并早早与我定下了此事。此外，"花乃旅途中所遇之物"这句话所要表述的其实是"快点踏上旅途吧"。在节目中与我搭档的是名主持加贺美女士。她常常在节目中以欢乐、柔和的方式引导着我。她极其善于朗读和歌，每每听到便让人沉醉其中。

我有一个朋友是岩波书店的编辑，出于偶然，我向他诉说了此番经历。

他听后兴奋地说："听上去很有意思，不如写成书吧！"我从没想过此事，当时便支支吾吾起来。然而，当我回顾我在节目中所讲述的故事后，发现花与我的人生息息相关，我与花的相遇、之前出版的与花有关的作品、日本人围绕花展开的每年定例活动中所寄托的情感，等等，这些故事都是我的真实想法。若是能汇总一番人类寄托在花之中的情感，想必会有人对此感兴趣。因此沉默了一阵子之后，我最终答应了此事。

之后便是最繁忙的时期。我查明了各种故事的出处之后，便开始着手写作。因为想赶在樱花盛开之时完成此书，写书的时间所剩不多。

此处，感谢日本 NHK 电视台的松泽了史、加贺美幸子的关照，尤其要感谢我的编辑柿原宽先生，有了他无比精准、迅速、悉心的编辑，本书才得以问世。最后，由衷地感谢阅读此书的你们，谢谢！

2001 年春　写于而今庵

图书在版编目（CIP）数据

四月樱，九月萩：花的日本美学探源 / （日）栗田
勇著；徐菁菁译. -- 成都：四川文艺出版社，2021.7
　ISBN 978-7-5411-6021-9

　Ⅰ . ①四… Ⅱ . ①栗… ②徐… Ⅲ . ①散文集—日本
—现代 Ⅳ . ①I313.65

中国版本图书馆CIP数据核字(2021)第098648号

HANA O TABISURU

by Isamu Kurita

© 2001 by Isamu Kurita

Originally published in 2001 by Iwanami Shoten, Publishers, Tokyo.

This simplified Chinese edition published 2021

by United Sky (Beijing) New Media Co., Ltd., Beijing by arrangement with Iwanami Shoten, Publishers, Tokyo

著作权合同登记号 图进字：21-2021-149

SIYUE YING，JIUYUE QIU：HUA DE RIBEN MEIXUE TANYUAN

四月樱，九月萩：花的日本美学探源
［日］栗田勇 著

徐菁菁 译

出 品 人　张庆宁
策划出品　联合天际·文艺生活工作室
责任编辑　邓　敏
特约编辑　邵嘉瑜
封面设计　compus·汐和
责任校对　汪　平
出版发行　四川文艺出版社（成都市槐树街2号）
网　　址　www.scwys.com
电　　话　028-86259287（发行部）　028-86259303（编辑部）
传　　真　028-86259306
邮购地址　成都市槐树街2号四川文艺出版社邮购部 610031
印　　刷　天津联城印刷有限公司
成品尺寸　140mm×200mm　　　　开　本　32开
印　　张　7　　　　　　　　　　字　数　180千字
版　　次　2021年7月第一版　2021年7月第一次印刷
书　　号　ISBN 978-7-5411-6021-9
定　　价　68.00元

关注未读好书

未读 CLUB
会员服务平台